Im Garten des Schönen
Heitere und besinnliche Geschichten
aus dem Norden

Arno Surminski

Im Garten des Schönen

Heitere und besinnliche Geschichten aus dem Norden

Ellert & Richter Verlag

Inhalt

Vorwort

Die schönsten Geschichten schreiben wir über das, was wir kennen, über vertraute Landschaften, über Menschen, die uns täglich begegnen, über unser Zuhause. Die in diesem Band zusammengefassten Geschichten aus dem Norden konnten nur entstehen, weil ich den Norden kenne. Nach den ersten elf Lebensjahren in Ostpreußen lebte ich von 1946 bis 1962 auf dem Land und von 1975 bis heute in einem Wochenendhaus in Schleswig-Holstein. Daher die Vertrautheit. Sie stellte sich schon bei der Ankunft an einem trüben Dezembertag des Jahres 1946 ein. Die Arbeiter, die mit mir in der Bahn saßen, sprachen gar nicht so fremd; ihr Tonfall erinnerte mich an mein ostpreußisches Platt. „Das kann nicht angehen", sagten sie und „Das is ja man gut". Sprachlich fühlte ich mich zugehörig.

Auch die Menschen kamen mir bekannt vor. Ohne Hektik, eher mit einem bedächtigen Durchs-Leben-Gehen, so begegneten mir die ersten Schleswig-Holsteiner. Mit der Pfeife im Mund standen sie vor ihren Häusern und grüßten zurück, ohne ein Wort zu sagen.

Gewöhnen musste ich mich an die Landschaft. Diese ständige Furcht, die Nordsee könnte überlaufen und das flache Land überspülen. Auch die kräftigen Winde aus dem Westen, die Bäume und Häuser zwangen, sich nach Osten zu verneigen, waren mir unheimlich. Geborgenheit fand ich dagegen in den Knicks, die für den Sommer eine reiche Brombeerernte versprachen.

Die Erzählungen dieses Bandes sind aus der Landschaft und ihren Menschen gewachsen. Sie sind ein Beispiel dafür, wie sich Ost und West nach den traurigen Nachkriegsjahren verbunden haben.

Die meisten haben eine Vorgeschichte, ein Erlebnis, ein Hörensagen, das zum Schreiben anregte. Den Anstoß zur Lisa-Geschichte gab ein Mann aus Wesselburen, der sich beim Bier nach einem Tennisspiel über eine alte Frau beschwerte, die partout kein Bauland an die Stadt verkaufen wollte, weil ihr Bruder noch im Krieg war. Auf einer Lesung erzählte mir ein Zuhörer, er sei vor zehn Tagen in dem Dorf in Angeln gewesen, in dem er mit Mutter und Schwester nach dem Krieg gelebt hatte. Dort habe er dem Bauern das Silber abgekauft, das seine Mutter für Eier und Speck ins Bauernhaus getragen hatte; daraus entstand die Geschichte vom „Letzten Zug nach Ammersby". Wie der nur für feine Leute bestimmte Tennissport aufs Land gekommen ist, habe ich selbst erlebt und in zwei Geschichten festgehalten. Als ich einmal zuhören durfte, wie sich alte Leute über ihre aufregende Busreise nach Italien unterhielten, schrieb ich am Tage darauf die Geschichte „Das Erdbeben von Riva". Da mein Wochenendhaus in dem Ort steht, in dem in jedem Jahr Anfang August ein großer Lärm ausbricht, ließ es sich nicht vermeiden, eine Geschichte über das Heavy-Metal-Festival in Wacken, die Firefighters und „Rosamunde" zu schreiben.

Auch die weniger heiteren Geschichten sind auf diese Weise angeregt worden. „Das Mädchen mit den nackten

Füßen“ ging tatsächlich auf einer Beerdigung hinter dem Sarg zum Friedhof. Das ereignete sich in den siebziger Jahren, als die neumodische Jugendbewegung mit der alten Welt auf dem Dorf zusammenprallte. Nicht nur mit Pferd und Wagen, sondern auch mit Schiffen sind die Flüchtlinge 1945 nach Schleswig-Holstein gekommen. Ein Fischer von der Kurischen Nehrung schaffte es sogar, mit seinem Kurenkahn durch die Wirren des Kriegsendes über die Ostsee zu kommen und die Geschichte „Mai in der Neustädter Bucht“ anzuregen. Die „Stradivari von Montana“ ist aus amerikanischer Kriegsgefangenschaft in ein Dorf in Norddeutschland gebracht und nach einem halben Jahrhundert wieder abgeholt worden. Wie es auf der „Schweinemaskerade“ zuging, habe ich als junger Mann selbst erlebt, und das „Schlangestehen 1947“ haben wir so lange geübt, bis es nicht mehr zu ertragen war.

Arno Surminski

Das Mädchen mit den nackten Füßen

Nun ist der junge Witt tot. Der Milchwagen brachte es mit aus der Stadt, als Krämer Hellwig den Laden schloss, wusste es das ganze Dorf. Also endlich ist er gestorben, der Berthold Witt. Erst fünfundzwanzig und schon gestorben. Lag wohl am Schnaps oder Rauschgift oder etwas Neumodischem, das es zu unserer Zeit nicht gab, aber woran die Menschen heute sterben. Dazumal traf einen der Schlag, aber heutigen Tages sterben sie an den sonderbarsten Namen. In Kriegszeiten sterben sie auch jung, aber wir haben schon an die vierzig Jahre Frieden, nun sterben sie an der eigenen Unvernunft. Denk bloß mal, der Berthold war doch das einzige Kind und sollte später den Bauladen von Fiete Witt übernehmen. Aber der Junge bekam es im Kopf. Lehrer Struve sagte schon auf der Konfirmation, sie sollten den Berthold lieber zur höheren Schule schicken.

„Da wird nichts draus“, antwortete Fiete Witt. „In Deutschlands höheren Schulen kriegen die Kinder heutzutage nur schlechten Umgang.“

Er gab ihn man bloß als Schreiber ins Gemeindebüro. „Das reicht“, sagte er. Etwas Umgang mit den Papieren sollte er schon lernen, weil in einem richtigen Baugeschäft ab und an Rechnungen zu schreiben sind.

So dachte Fiete sich das, und es ging auch anfangs gut mit dem Berthold. Bloß als er fertig war mit der Gemeindeschreiberei, da wollte er raus aus Poggensee.

Am liebsten wär' er ja gleich nach Amerika zu den Blumenkindern gegangen, meinte Lisa Witt. Das soll so eine Sekte sein, wo die Faulenzer den lieben Tag im Gras liegen und singen und mit Blumen im Haar herumlaufen, was aber nur in wärmeren Gegenden geht, nicht bei uns in Poggensee mit dem kalten Wind.

Nach Amerika ist er nie gekommen, der Berthold schaffte es gerade bis Hamburg.

„Wär' er bloß zum Bund gegangen, da hätten sie aus ihm einen ordentlichen Menschen gemacht. Für den Bund hat der Berthold zu große Füße", sagte Lisa.

In Wirklichkeit hat der Bengel verweigert, um nach Hamburg zu gehen mit seinen großen Füßen. Ja, er hat sein Vaterhaus zu Fuß verlassen. Mit weiter nichts als einer Plastiktüte in der Hand. Unterwegs begegnete ihm der Milchwagen und wollte ihn mitnehmen nach Ratzeburg, aber der Berthold stieg nicht ein.

„Lass' mich lieber laufen", sagte er zu dem Milchwagenfahrer. So einer war das, der Berthold Witt.

Lange Zeit hörten wir nichts von ihm. Nur an seinen alten Eltern konnte jeder sehen, wie es schlechter und schlechter ging. Fiete lief, was er sein Lebtag nicht getan hatte, nachts im Sturm durch den Wald und redete mit sich. Lisa sahen wir bald jeden Sonntag in der Kirche. Zuletzt mochte keiner mehr nach dem Berthold fragen, weil es vorgekommen war, dass Lisa mitten auf der Straße das Heulen angefangen hat. Fiete wühlte die Jahre allein in seinem Baugeschäft, wollte keinen Menschen reinnehmen, weil er dachte, der Junge wird sich besinnen und heimkehren wie der verlorene Sohn in der Schrift, damit er endlich „Witt & Sohn" über die Tür hängen konnte. Aber der Berthold kam nicht. Erst jetzt wird er kommen, zur eigenen Beerdigung wird er kommen.

Lisa sagte, sie würden ihn aus Hamburg überführen lassen, weil die Witts ein Familiengrab in Poggensee haben, in das er gehört.

Was auch immer mit dem Berthold gewesen sein mag, das Familiengrab steht ihm zu. In Hamburg werden solche Leute ja verbrannt, aber das lassen seine Eltern nicht zu. Nein, für den Berthold haben sie genug eigene Erde in Poggensee. Eine große Beerdigung soll es werden mit über hundert Menschen Gefolge, weil das halbe Dorf mit den Witts verwandt und die andere Hälfte gut bekannt ist. Krämer Hellwig wird seinen Laden schließen, um zu folgen, denn in der Zeit kauft sowieso keiner. Egal, wie es mit dem Berthold zu Lebzeiten zugegangen ist, jetzt ist er tot, und wir Poggenseer werden ihm ein ordentliches Begräbnis geben. Keiner wird fragen, warum er tot geblieben ist. Jeder wird so tun, als wenn ein richtiger guter Poggenseer auf den Friedhof gebracht wird, leider zu früh gestorben mit fünfundzwanzig Jahren. Aber denk mal, der Junge von Bauer Petersen fuhr mit dem Motorrad in den Graben, als er gerade einundzwanzig war. Brands Drittältester fiel mit neunzehn vom Trecker, wie das Leben so spielt. Und im Krieg starben sie noch jünger.

Bertholds Beerdigung wurde angesetzt auf den 20. Juni, mitten im hellen, lichten Sommer, noch vor der Heuernte. Aber am 19. Juni gab es mächtige Aufregung in Poggensee. Der Milchwagenfahrer sagte Bescheid, dass sie alle kommen würden, die jungen Leute, mit denen Berthold gelebt hatte. Wohl an die zwanzig Mann, auch Frauen und Kleinkinder dabei. Mit denen war der Berthold in einem verkommenen Haus in Hamburg zusammen, so ein Haus ohne Gardinen und Blumenkästen, drinnen duster und draußen schlecht in Farbe. Krämer Hellwig wusste zu erzählen, dass es in solchen Häusern recht sonderbar zugehen soll. Sie schlafen alle in einer Stube, die Männer füttern die Säuglinge, und keiner weiß genau, wer Männlein und Weiblein ist, denn lange Haare tragen sie meist alle. Und jetzt kommt die ganze Bagage zur Beerdigung nach Poggensee. Das stell sich einer mal vor. Den Witts bleibt in ihrem großen Leide nichts erspart.

Ob Pastor Griem sie überhaupt in unsere Kirche lässt? Das sollen ja wohl Terroristen sein, wie der Milchwagenfahrer sagte. Die schmeißen Bomben und überfallen Banken, wenn ihnen das Geld ausgeht. Weiß Gott, was die in unserer schönen Kirche anrichten? Auf den Friedhof sollte man sie gar nicht lassen, weil sie Grabsteine umwerfen und Blumen zertrampeln.

Krämer Hellwig fragte unseren Dorfpolizisten Wohlers, ob er nicht die Zugangsstraße nach Poggensee am 20. Juni von zehn bis zwölf Uhr sperren könnte.

„Deutschland ist ein freies Land, da kann jeder hinfahren, wohin er will, auch zur Beerdigung", sagte Wohlers.

Bauer Brand wollte seinen Trecker mit Rübenanhänger quer auf der Straße kaputtgehen lassen, sodass keiner durchkommt.

„Das kann ich nicht zulassen", sagte Wohlers. „Wenn du das machst, bekommst du eine Anzeige wegen Verkehrsbehinderung."

Mensch, Wohlers, hol dir wenigstens ein paar Kollegen zur Verstärkung aus der Stadt! Am Ende fangen die roten Brüder in der Kirche zu randalieren an, und du musst sie rausbefördern. Allein schaffst du das nie. Sag wenigstens der Feuerwehr Bescheid, dass sie in Reserve steht mit dem dicken Schlauch.

Es hätte eine schöne, traurige Beerdigung werden können, wäre da nicht das Malheur mit diesen Terroristen gewesen. Dass der Berthold die uns mit seinem Tode noch auf den Hals schickte! Wir Poggenseer hatten alle ein bisschen Angst vor denen.

Um halb elf läuteten die Glocken zum ersten Mal. Da war noch keiner zu sehen. Vielleicht kommen sie auch nicht. Vielleicht haben sie sich verirrt und sind ins verkehrte Poggensee gefahren. Es gibt nämlich zweimal Poggensee. Wenn sie das andere angesteuert haben, sind sie weit vom Schuss.

Viertel vor elf rückten die Poggenseer an. Die Männer in schwarzen Anzügen, einige sogar trotz schwerer Hitze mit Zylinder. Auch unsere Frauen in Schwarz, jede einen Blumenstrauß in der Hand, viele Vergissmeinnicht, die immer noch blühten, weil wir einen späten Frühling hatten in dem Jahr, als der junge Witt starb. Denk bloß mal, um Pfingsten hatten wir noch Nachtfrost.

So viel muss gesagt werden: Die Poggenseer folgten nicht dem Berthold zuliebe, sondern Fiete und Lisa zu Gefallen, die gute Leute waren und es bös genug getroffen hatten mit ihrem Berthold. Deshalb trat auch die Feuerwehr an. Der Berthold ist nie in der Feuerwehr gewesen, denn Uniformen mochte er nicht leiden. Aber Fiete Witt hat die Poggenseer Feuerwehr nach dem

Krieg, wie man so sagt, aus Schutt und Asche aufgebaut und ihr ein neues Spritzenhaus geschenkt. Ihm zu Ehren trat die Feuerwehr an, nicht für den Berthold.

Zehn vor elf stand Beerdigungsunternehmer Möller vor der Kirchentür und schwitzte in seiner dunklen Kluft. Er nahm die Kränze entgegen und passte auf, dass jeder seinen Namen in das goldene Buch schrieb, damit Lisa Witt später weiß, bei wem sie sich bedanken muss.

„Die kommen nicht mehr", sagte Möller. „Die haben die Zeit verschlafen, weil sie Arbeiten und frühes Aufstehen nicht gewohnt sind. Leute wie die finden nicht aus den Betten, das weiß doch jeder."

Alle dachten schon, die sind wirklich ins verkehrte Poggensee gefahren, da bogen drei Autos um die Friedhofsmauer. Ein kleines bemaltes, so eine Kartoffelkiste, die die jungen Leute Ente nennen, und ein alter Käfer, der furchtbaren Krach machte, weil der Auspuff hin war. Am Ende ein grüner VW-Bus, an dem vorn und hinten eine orangene Sonne klebte mit der Schrift: „Atomkraft – nein danke!"

Sie hielten direkt vor der Kirche. Die Poggenseer, die auf dem Kirchplatz gestanden und über dies und das geredet hatten, gingen schnell ins Gotteshaus, um bloß nicht mit den wilden Menschen zusammenzutreffen. Nur Beerdigungsunternehmer Möller musste auf Posten stehen bleiben. Er zählte sie erst einmal. Fünfzehn Personen waren aus der Kommune zu Bertholds Beerdigung gekommen. Aber in welchem Aufzug! Die meisten trugen graue verwaschene Hosen mit Fransen an den Beinen, dazu bunte Hemden mit Manschettenknöpfen auf der Brust. Der eine hieß Che Guevara und muss wohl aus dem Ausland gekommen sein. Zum Erschrecken auch die Frauensleute. Ungekämmte strähnige Zoddern, die vom Kopf hingen wie nach einem Gewitterschauer. Um den Bauch trugen die Frauen einen Strick, wie die Bauern in Poggensee ihn zum Kälberführen brauchten. Die meisten kamen mit Turnschuhen an den Füßen, eine aber ging barfuß. Sie stieg als Letzte aus dem Bus mit den orangenen Sonnen, eine große, junge Frau im langen Kleid aus Sackleinen, das bis zu den Füßen reichte. Unten lang, aber oben nicht genug Stoff, um den nackten Rücken zu bedecken. Als sie barfuß auf dem Kirchplatz stand, sah jeder, dass sie schwanger war unter dem Sackleinen.

Die Frau lief über die Straße zu Knaacks Kornfeld. So ist das mit den Terroristen! Mit fünfzehn Mann rückten sie zur Beerdigung an, aber keiner hatte an Blumen gedacht. Nur das Mädchen mit den nackten Füßen, das holte sich einen Strauß Kornblumen von Knaacks Acker.

Einer, der wohl der Älteste war, kam zu Beerdigungsunternehmer Möller und stellte sich vor.

„Wir sind gute Freunde von Berthold", sagte er.

Dann zeigte er Möller einen Brief, in dem der Berthold aufgeschrieben hatte, wer seinen Sarg tragen sollte. Sechs Mann von der Kommune, unter ihnen auch der Che Guevara.

„Na gut", sagte Möller, „der letzte Wille ist heilig, in Gottes Namen sollen sie ihn tragen." Aber als er sah, dass einer der Sargträger mit nackten Füßen in Turnschuhen steckte, besann er sich.

„Sargträger in Turnschuhen sind nicht zugelassen", meinte Möller. „So was hat es in Poggensee noch nie gegeben, das wollen wir auch nicht einführen. Festes Schuhwerk ist das Mindeste."

Möller bekam Angst, die Terroristen könnten nun das Randalieren anfangen, aber sie stellten sich ganz ruhig zusammen und beratschlagten. Auf einmal setzte sich einer der Sargträger auf die Steintreppe und zog seine Turnschuhe aus. Eine von den Frauen gab ihm ihre Wildlederschuhe. Das war in Poggensee auch noch nicht vorgekommen, dass Mann und Frau kurz vor einer Beerdigung am Kirchenportal ihre Schuhe wechselten. Komisch sah er immer noch aus, der Sargträger mit seinen nackten Füßen in Wildlederschuhen. Aber Möller hatte das nun mal gesagt mit dem festen Schuhwerk und musste es zulassen. Auch wunderte er sich, wie verständig die jungen Leute doch waren und seinen Rat annahmen und machten, was er ihnen sagte.

Möller ging zu seinen Rentnern, die in feierlichem Schwarz hinter den Lebensbäumen auf ihren Einzug warteten, sagte ihnen, dass sie den Berthold nicht zu tragen brauchten, weil der sich andere Träger ausgesucht habe, sechs Mann von der Kommune. Und den letzten Willen muss man respektieren, da hilft nichts. Aber sie sollten nicht gleich nach Hause gehen, sondern sich in Reserve halten. Man weiß nicht, was vorkommt bei denen. Am Ende schaffen sie den Sarg nicht, weil sie doch schmächtige Hungerleider sind mit viel Wind in den Backen, die das richtige Anpacken nicht erfunden haben.

Es nahm nun seinen Lauf. Mit dem letzten Glockenschlag zogen die von der Kommune in die Kirche, in der die Poggenseer längst saßen und warteten. Sie setzten sich auf die linke Seite ziemlich nach hinten. Weil die

Orgel noch nicht spielte und die Glocken nicht mehr läuteten, klapperte es laut wie im Pferdestall, als die in die Bänke drängten. Von den Poggenseern drehte sich keiner um, jeder wusste, was das für welche waren. Nur eine kam nach vorn. Das war das Mädchen mit den nackten Füßen. Wir hörten, wie die Fußsohlen auf den Kirchenfliesen klatschten. Dann stand sie vorn am Sarg, wartete ein halbes Vaterunser, legte die Kornblumen auf Bertholds Füße, drehte sich um und ging zu ihren Leuten.

Möller schloss laut die Kirchentür. Danach beugte er sich zu Fiete und Lisa Witt, um ihnen ins Ohr zu flüstern, sie sollten nicht erschrecken, wenn die jungen Leute den Sarg tragen. Der Berthold habe einen Brief geschrieben und es so gewollt. Und der letzte Wille sei heilig, da kannst nichts gegen machen.

Mitsingen tat keiner von denen auf der linken Seite. Kannten wohl keinen Text, weil man das nicht lernt auf der Kommune. Aber sie störten wenigstens nicht, als wir jene Lieder sangen, die seit Menschengedenken zu Beerdigungen gesungen werden. Ein bisschen Anstand steckte doch in den jungen Leuten, wenigstens in der Kirche verhielten sie sich ruhig.

Als die Sargträger mit Möller nach vorn gingen, bekamen wir doch einen gehörigen Schreck. Auch Pastor Griem fuhr zusammen, als er die sechs auf den Altar zumarschieren sah. Das Mädchen mit den nackten Füßen kam auch mit, es holte seinen Kornblumenstrauß ab, blieb vorn stehen und sah zu, wie die jungen Leute die Kränze zur Seite legten und den Sarg auf die Schultern hievten. Sonderbar sah der Trauerzug schon aus. Möller in Schwarz mit steifem Zylinder und Handschuhen vorneweg, um den jungen Leuten zu zeigen, wo es langgeht. Hinter dem Sarg Pastor Griem, dann Fiete, Lisa und die Poggenseer, alle in Schwarz und tieftraurig. Am Ende das bunte Zigeunervolk, als Letztes für sich allein das Mädchen mit den nackten Füßen.

Auf der Straße blieben die Autos stehen, einmal, weil das so Brauch ist, dass Leichenzüge Vorfahrt haben, zum anderen, weil die Leute sich dieses wunderliche Gefolge ansehen wollten. Immer noch war schönes Wetter. In den Linden auf dem Friedhof rief der Kuckuck, fünf Tage vor Johanni immer noch der Kuckuck. Weil es ein langer Zug war, standen die Letzten noch auf dem Kirchplatz, als sie vorn schon das Holz in die Grube ließen. Möller sprang aufgeregt um die Kuhle, packte selbst mit an, um den Sarg heil in die Erde zu bringen. Danach ging es zu wie immer auf Beerdigungen. Drei Hände Sand reinstreuen, Blumen werfen, ein kurzes Gebet.

Zuletzt kam das Mädchen mit den nackten Füßen. Es gab alle seine Kornblumen in die Grube, stand ziemlich lange am Grab und fing an zu weinen. Einer von den Sargträgern griff ihren Arm und führte sie in den Schatten, denn es war mächtig heiß auf dem Friedhof von Poggensee. Auf einmal hörten wir Bertholds Stimme. So als säße der im Lindenbaum über dem Trauergefolge. Sie sollten ihm nicht böse sein, sagte der Berthold, aber er konnte es nicht mehr aushalten. Um Susanne sollten sie sich kümmern und ihr helfen, damit sie nicht so traurig ist.

Zum Schluss grüße ich meine lieben Eltern in Poggensee, die mich geboren haben, aber nun noch länger leben müssen als ich. Als der Berthold das sagte, fiel Lisa Witt der Länge nach hin. Beerdigungsunternehmer Möller trug sie auf die Bank im Schatten. Da saß sie neben dem Mädchen mit den nackten Füßen. Nun weinten sie beide.

Während das geschah, stand Fiete Witt am Grab, stand wie ein Eichbaum mit geschlossenen Augen und gefalteten Händen, und keiner weiß bis heute, woran er gedacht hat.

Jetzt erfuhren die Poggenseer, dass der Berthold sich selbst umgebracht hatte. Auch Lisa und Fiete hatten nichts davon gewusst bis zu diesen letzten Worten. Dabei hatte Pastor Griem noch am offenen Grab gesagt: „Es hat dem Herrn gefallen, Berthold Witt zu sich zu holen." Aber nun war es offenbar, dass es dem Herrn nicht gefallen hatte, der Berthold war von selbst gegangen.

Plötzlich Musik auf dem Friedhof. Die jungen Leute fassten sich bei den Händen, bildeten einen Kreis um das Grab und sangen ein Lied, das keiner von uns kannte, das auch ausländisch klang. Lehrer Struve erzählte später, die frommen amerikanischen Neger hätten es zu ihrer Zeit beim Baumwollpflücken oft gesungen.

Als sie geendet hatten, ging Fiete Witt zu den jungen Leuten. „Wir gehen jetzt in Clausens Gaststube zu Kaffee und Butterkuchen. Wenn ihr Lust habt, könnt ihr mitkommen", sagte er. Das hatte dem alten Witt keiner zugetraut.

Vielleicht dachte er, sie werden dankend ablehnen, aber nein, die hatten Hunger. Die waren seit frühmorgens unterwegs und brauchten eine Stärkung. Jedenfalls fuhren sie mit ihren bunten Autos voraus zu Clausens

Gaststube, während wir Poggenseer zu Fuß hinterherkamen. Pastor Griem, der immer für das Menschliche und gegen alles Trennende auf Erden ist, brachte sie in eine bunte Reihe, setzte immer zwei Poggenseer neben einen von den jungen Leuten. Das Mädchen mit den nackten Füßen brachte er zu Lisa Witt.

Sie langten kräftig zu, die jungen Leute, sodass Clausen Nachschub ranschaffen musste. Seit der Flüchtlingszeit hatte es keine Beerdigung mehr gegeben, bei der so viel Butterkuchen vertilgt worden war. Nur Schnaps tranken sie keinen, darin waren sie eigen. Lehrer Struve, der sich auskennt, wusste später zu erzählen, dass diese Art Leute anderes Zeug haben, um sich betrunken zu machen. Schnaps brauchten die nicht.

Nur Lisa Witt hat kein Stück gegessen. Weil das Mädchen neben ihr saß. Lisa sah auf die nackten Füße und den Bauch unter dem Sackleinen und dachte, dass es doch schön wäre, wenn die das Kind von ihrem Berthold bekäme. Dann bliebe noch etwas übrig von unserem Jungen, dachte sie, etwas, das weiterlebt. Sie fragte das Mädchen, wie es sich so fühle und ob es nicht zu heiß gewesen sei auf dem Friedhof in diesem Zustand. Das Mädchen lachte und schüttelte den Kopf. Es sah eigentlich ganz schicklich aus, wie es da zwischen den alten Witts saß und Butterkuchen aß.

„Wenn du Hilfe brauchst, musst du es nur sagen", flüsterte Lisa. „Wir haben von allem genug, wir können dir was abgeben." Sie lachte wieder, schien keine Hilfe zu brauchen. „Ich hab' ja meine Freunde", sagte sie.

Nun mischte sich auch Fiete ein. „Lassen Sie das Kind bloß nicht wegmachen, Fräulein! Wenn Sie es nicht haben wollen, nehmen wir beide es. Nicht wahr, Lisa, wir schaffen das noch? Kannst auch bei uns wohnen, wenn du willst. Platz haben wir genug für dich und das Kind."

Lisa sah wieder die nackten Füße.

„Ich habe einen ganzen Schrank voller Schuhzeug", sagte sie. „Kannst mitkommen und dir ein Paar aussuchen."

Während die alten Witts mit dem Mädchen sprachen, fingen die jungen Leute wieder an zu singen, sangen noch einmal das schöne Lied, dass die frommen Neger zu ihrer Baumwollzeit gesungen haben. Danach verabschiedeten sie sich und fuhren mit ihren bunten Autos zurück nach Hamburg in ihr verkommenes Haus.

Keiner hat jemals wieder etwas von denen gehört und gesehen. Nur eines ist aufgefallen. Alte Leute trafen manchmal, wenn sie zum Jäten und Blumengießen auf den Friedhof gingen, eine junge Frau, die stand stumm vor Bertholds Grab, manchmal saß sie auf der Bank unter den Linden. Bei jedem Wetter hat man sie gesehen, sogar im Schnee, aber keiner hat ein Wort mit ihr gesprochen.

Das Erdbeben von Riva

Es ist schon zehn Jahre her oder elf, und wir leben immer noch. War es nun 75 oder 76? Im Mai sind wir runtergefahren, und danach kam der schöne Sommer. Weißt du noch, Hannes, wie wir die ersten Berge gesehen haben? Bauer willst du da unten nicht spielen, hast du gesagt, weil es viel zu steil ist für unseren Trecker. Wir bleiben im schönen Marschenlande, hast du gesagt, da kann der Mensch wenigstens weit sehen.

Ja, wenn wir Alten schon mal losziehen. Wenn es dem Esel zu wohl ist, geht er aufs Eis tanzen, heißt es im Sprichwort. Und ich sagte noch zu unserem Schreiber von der Raiffeisenkasse. „Kann auch nichts passieren?", sagte ich. „Aber beste Frau", sagte er, „Nordwind fährt nicht zum ersten Mal in den Süden. Nordwind weiß da unten gut Bescheid."

Einen schönen Bus hat Nordwind uns ja gegeben, alles was recht ist. Kornblumenblau, und hinten hing die Fahne von Schleswig-Holstein. „Meerumschlungen" hast du immer gesungen, Hannes. Als wir über die Elbe fuhren, hat der Fahrer gesagt: „Nun singen wir ‚So ein Tag, so wunderschön wie heute'." Ach, wie waren wir Alten vergnügt!

In der Lüneburger Heide kamen Tina Meckelburg schon die Tränen. Und als wir am Harz vorbeikamen, hat Ollie Petersen gesagt: „Lass uns nicht weiterfahren, hier sind Berge genug."

In Bayern lag ja noch Schnee. Wer hätte das gedacht, Mai und noch Schnee. „Hier kannst mir einen Bauernhof schenken“, hast du gesagt, Hannes. Wer weiß, wer weiß, vielleicht kommt da mal was runter. So ein Stück Berg haut unseren schönen kornblumenblauen Bus kaputt. Wisst ihr noch, wie wir immer tiefer in die Schlucht fuhren! An beiden Seiten war es düster wie in Opas Rübenmiete. Wie leicht fällt einem da etwas auf den Kopf.

„Alle mal anschnallen, wir fahren Achterbahn!“, hat der Fahrer gerufen, als es losging mit der Schlangenstraße. Links rum und rechts rum, bis der Kopf ganz düselig wurde. Tina Meckelburg hat wieder geweint, weil es höher und höher drehte und gar nicht aufhören wollte und die Häuser unten so klein aussahen wie Karnickelställe. Die fahren mit uns in die Wolken! Wir wollen doch gar nicht so hoch hinaus, sagte Ollie Petersen, und Opa Timm hat seine Pillen rausgeholt, weil oben die Luft so furchtbar dünn ist und der Blutdruck mächtig ansteigt.

Ja, ja, wenn unsereiner eine Reise tut. Wir Alten vom Dorf haben uns in der Weltgeschichte rumgetrieben, statt zu Hause die Kühe zu melken.

Abends waren wir ja noch lustig. Aber Übermut tut selten gut, sagt schon das Sprichwort. Tina Meckelburg hatte ab halb sieben Schluckauf. Wer weiß, wer an die gedacht hat? Sie ist schon früh zu Bett gegangen. Ach, ihr mit eurem enzianischen Abend, hat sie gesagt, das ist nur ein anderer Schnack für Köm und Bier. Die schlief die ganze Nacht und hat nichts gemerkt von dem Spektakel.

Wäre nicht der Enzianabend gewesen, es hätte uns im Bett getroffen. Der olle Carstens wollte unbedingt Trompete blasen, weil er schon im ersten Krieg Trompete geblasen hat. Er ließ nicht locker, bis sie ihm die Trompete gaben. Die Italiener sind wirklich freundliche Menschen; für das, was in ihrer Erde rumort, können sie ja nichts.

„Zu Bett, zu Bett, wer eine hat!“, spielte der olle Carstens, und die Italiener haben Beifall geklatscht.

„Molto bene! Molto bene!“, rief der Oberste von der Kapelle. Ja, wir alten Bauern aus dem Marschenland können auch vergnügt sein.

Wisst ihr noch, wie die Palmen rauschten. Die gelben Zitronen haben ins Fenster gesehen, und Opa Timm mussten sie am Ärmel festhalten, weil er in den Apfelsinenbaum klettern wollte, um zu ernten, nachts um halb elf. Riva ist so schön wie Capri, hat der Fahrer von Nordwind gesagt. Der Mensch muss es wissen, weil er viel rumgekommen ist. Der ist schon mal mit seinem Nordwindbus aus Albersdorf über den Petersplatz gekurvt, als der Papst gerade spazieren ging.

Schuld hatte der olle Carstens. Weil der unbedingt Trompete blasen wollte, kamen wir so spät ins Bett. Der See lag wunderschön in der Nacht, und die Lichter blinkerten von den Bergen runter wie aus unserem Kuhstall, wenn November ist und du über die Wiesen ins Dorf gehst. Dass wir das noch erleben dürfen, hast du immer gesagt, Hannes. Nur Carstens und Opa Timm sind weitergezogen, um das Nachtleben von Riva auszuprobieren. Nicht, was ihr denkt, nein, Mädchen kamen nicht vor in Riva. Opa Timm wollte bloß sehen, ob es in Italien

Oldesloer Korn gibt. Lieber Gott, ich mag nicht daran denken, wenn es die beiden in der Kneipe totgeschlagen hätte.

Wer weiß noch, wie unser Hotel hieß? Nein, es hatte keinen deutschen Namen. Irgendetwas mit Mira kam darin vor. „Wunderbar“, hat der Fahrer von Nordwind gesagt. Jedenfalls lag es dicht am Wasser. Ollie Petersen wollte gleich in den See springen, als es losging. Die Italiener haben sie mit Gewalt zurückhalten müssen.

Ich stand gerade am Waschbecken und ließ Wasser reinlaufen, da fing es an.

„Hannes“, sagte ich, „was rumorst du da rum?“

„Ich“, sagte er, „ich lieg doch ganz ruhig.“

„Na, siehst du nicht, wie die Lampe wackelt“, sagte ich.

Da stand ich im langen Unterrock vor dem Spiegel. Auf einmal schwappte das Wasser aus dem Becken, platsch auf meine Füße. In der anderen Stube kreischte Ollie Petersen. „Mach endlich was, Hannes“, sagte ich.

Da kam er aus dem Bett gekrochen. Kaum war er draußen, machte es pardauz, und die Lampe fiel von der Decke mitten ins Bettzeug. „Gut, dass du aufgestanden bist, sonst hätte es Malheur geben können“, sagte ich.

„Das ist Erdbeben!“, schrie Hannes.

„Mein Gott, wir sind verloren!“ Ihr glaubt ja nicht, wie der Putz runtergekommen ist. Das Jesusbild hing ganz schief. Und die schöne Tapete. Alles Risse kreuz und quer.

„Steh nicht so verdattert rum und halt das Bettgestell fest“, sagte ich. „Wenigstens beten kannst du. Wann willst du beten, wenn nicht bei Erdbeben?“

Auf einmal ging das Licht aus.

„Raus!“, schrie Hannes. Er bekam gerade noch die Büx zu fassen. Aber an der Tür fiel mir der Ring ein. Der lag auf dem Waschbecken. Nein, den Ring willst du wohl heil nach Friesland zurückbringen, dachte ich. Bald fünfzig Jahre hast du ihn getragen und sollst ihn jetzt fern der Heimat liegen lassen.

„Was grabbelst du auf dem Fußboden rum?“, hat Hannes gesagt.

„Mensch, Hannes, da liegt doch unser Ring, er ist mir vom Waschbecken gekullert. Lieber Gott, wir müssen alle sterben! Halt mich bloß fest, Hannes!“

„Nichts wie weg hier!“, schrie er, aber ich hab den Ring doch noch erwischt. Hier ist er. Seht nur, wie schön er blinkert.

Wisst ihr noch, wie wir uns draußen getroffen haben. Wie Schafe im Gewitter standen wir rum.

Nach Hause, nichts wie nach Hause. Bloß weg aus dieser Gegend! So etwas kommt in Norddeutschland nicht vor. Weserbergland ist doch auch ganz schön. Was haben wir alten Leute in Italien zu suchen?

Spaßig sah das schon aus mit uns. Die meisten waren ja im Nachthemd. Man gut, dass warme Luft war, sonst hätten wir uns noch verkühlt. Nur der olle Carstens und Opa Timm kamen nicht über, weil es duster war und sie den Weg von der Kneipe zum Hotel nicht finden konnten.

Ollie Petersen hat den Fahrer von Nordwind aus dem Bett geholt. „Wir mögen hier nicht mehr sein“, hat sie gesagt. „Wir wollen nach Hause. Die Italiener sind so freundliche Menschen, aber sie haben ein furchtbar rummeliges Land, in dem du nicht mal ruhig schlafen kannst. Nein, wir wollen hier nicht sterben! Wir haben Familie und werden zu Hause gebraucht."

„Aber ihr habt doch bis Venedig bezahlt", sagte der Fahrer von Nordwind.

„Behalt dein Venedig, wir wollen nach Hause!"

„Ich kann mit euch nicht mitten in der Nacht losfahren", sagte er. „Die Straßen sind verschüttet, und außerdem seid ihr nicht ordentlich angezogen. So wie ihr ausseht, lassen sie keinen Menschen über die Grenze."

Als wir mit dem Fahrer von Nordwind verhandelten, kamen der olle Carstens und Opa Timm an.

„Wer hat das Licht ausgeknipst?", grölte Carstens, und Opa Timm schwenkte eine Buddel Oldesloer Korn, die er doch noch gefunden hatte. Aber frag nicht, wo. Unter dem Fahrersitz in unserem schönen kornblumenblauen Bus.

Als das Licht wiederkam, haben wir uns angesehen und gelacht. Barfuß im Nachthemd! Ollie Petersen ohne Gebiss und ich mit der Pudelmütze auf dem Kopf. Erst wollte keiner reingehen. Aber da kam der freundliche Italiener und hat Ollie Petersen eingehakt. Fragt nicht, wie es drin ausgesehen hat! Der Putz auf dem Fußboden. Die Wände zerrissen wie in unserem alten Kälberstall, und auf dem schönen, geblümten Bettzeug lag der Dreck von der Decke.

„Ich geh nicht mehr ins Bett", hat Hannes gesagt. „Wir setzen uns ans Fenster und warten, bis es hell wird." Und da saßen wir denn. Es blinkten wieder so schön die Lichter oben am Berg, als wenn nichts gewesen wäre. Auch die Palmen am See rauschten, und die gelben Zitronen guckten in unser Fenster. „Hannes", sagte ich, „wenn es nun noch mal rummelt, kracht das ganze Haus zusammen, und wir beide sind mausetot."

„Dann soll das wohl so sein", sagte er.

„Aber wenigstens meinen Ring hab ich gerettet", sagte ich. Und dann haben wir uns richtig schön angezogen, damit es uns nicht mehr im Nachtzeug überrascht.

Als die Sonne aufging, standen wir alle vor dem Bus. Der freundliche Italiener kam angelaufen und sagte, es gebe schönen Kaffee für uns.

„Nix Kaffee", hat Hannes gesagt, „wir fahren nach Hause."

„Wir haben großes Glück gehabt", sagte der freundliche Italiener. „Weiter unten hat das Unglück über tausend Menschen totgeschlagen." Deshalb sollten wir doch wenigstens noch Kaffee bei ihm trinken.

Ihr glaubt nicht, wie wir uns gefreut haben, dass wir noch lebten. Opa Timm hat unser italienisches Geld eingesammelt und Spirituosen gekauft. Für zweihunderttausend Lire haben wir uns im Bus einen angetüdelt. Aber keinem hat es leidgetan um das schöne Geld. Wir haben uns richtig gefreut, weil wir noch lebten. Als der Bus die Berge runterfuhr, haben wir das Lied von den Nordseewellen gesungen, und Tina Meckelburg hatte wieder den Schluckauf und Wasser in den Augen.

Ich sag ja, zu Hause ist zu Hause, und das Weserbergland ist hoch genug.

Das ist nun schon zehn Jahre her oder elf. Alle, die damals mit Nordwind nach Italien gefahren sind, leben noch. Ist das nicht wundervoll? Und meinen Ring hab ich auch noch.

In diesem Sommer macht Nordwind eine Tour an die schöne blaue Donau. „Rummelt da auch nicht die Erde?", hab ich den Schreiber von der Raiffeisenkasse gefragt.

„Beste Frau", sagte er, „so etwas erlebt der Mensch nur einmal. Sie haben es hinter sich, Ihnen kann überhaupt nichts mehr passieren."

Die Fremden kommen

Als Anna schlafen ging, schlug die Kirchturmuhr die neunte Stunde. Rex langweilte sich, er heulte den Mond an, bis der ein griesgrämiges Gesicht machte und sich hinter Wolken versteckte. Auf dem Scheunendach gurrten die Tauben. Tina, die abends immer in ihrer Kammer saß und Strümpfe stopfte, sang traurige Lieder.

„Du musst leiser singen“, sagte Annas Mutter. „Das Kind muss früh in die Schule, es soll jetzt schlafen.“

Anna konnte aber nicht schlafen. Über ihr auf dem Dachboden gingen die Mäuse spazieren, sie übten Wettlaufen und Purzelbaumschlagen. Der alte Fritz saß unten in der Küche, er schnitzte an einem Haselnussstock und hustete alle fünf Minuten.

„Das kommt vom vielen Pfeiferauchen“, schimpfte Tina immer, wenn Fritz so laut hustete, dass die Tassen auf dem Küchentisch klapperten.

Er rauchte wirklich zu viel. Nicht nur die Blätter der Tabakpflanzen steckte er in die Pfeife, auch trockene Kleeblüten und Moorgras, weil es richtigen Pfeifentabak beim Krämer Lottermann nicht zu kaufen gab.

„Von so einem Kraut soll der Mensch wohl Husten bekommen“, meinte Tina, und Annas Mutter sagte: „Wenn unser Fritz nichts zu rauchen hat, pafft er Tannenzapfen, als wären es dicke Zigarren.“

Bevor die Mutter ins Bett ging, schaute sie in Annas Dachstube.

„Schläfst du schon?“, flüsterte sie.

Anna schloss die Augen und presste die Lippen zusammen, damit die Mutter denken sollte, sie schliefe. In Wahrheit dachte sie an die Menschen, die mit ihr auf dem Moorhof lebten, an Tina, die Magd, und Fritz, den alten Knecht, an ihre Mutter und die Tiere, die zum Hof gehörten, die vier Pferde und sieben Kühe, an Rex in seiner Hundehütte und die gurrenden Tauben auf dem Dach. Sie fand es ziemlich langweilig auf dem Moorhof. Gern hätte Anna einen Bruder oder eine Schwester zum Spielen gehabt. Auch sollte ihr Vater bald wiederkommen, der in den Krieg gezogen war und von dem sie nicht einmal wusste, ob er rote oder schwarze Haare hatte. Schließlich dachte sie ans Osterfest, das sie bald feiern wollten. Die Turmuhr schlug zehn, der alte Fritz ging hustend in seine Kammer, dann hörte Anna gar nichts mehr.

Sie wachte früh auf, weil sie auf der Straße Stimmen hörte. Als sie aus dem Fenster schaute, sah sie Pferdewagen, die über das Kopfsteinpflaster rumpelten. Neben den Fuhrwerken gingen sonderbare Menschen, die Körbe, Taschen und Rucksäcke trugen. Einige zogen auch Handkarren, die mit Säcken beladen waren. Der Zug nahm kein Ende. Immer neue Wagen kamen bei Bäcker Fiedebum um die Ecke und verschwanden hinter der Friedhofsmauer. Anna staunte. Früher waren Soldaten durch Moorhusen marschiert, Autokolonnen die Dorfstraße entlanggefahren, auch Reiter, deren Pferde mit ihren eisenbeschlagenen Hufen Funken aus den Pflastersteinen getrieben hatten, waren durchs Dorf gezogen, aber dieser Zug sah anders aus. Die Menschen trugen zerfranste Mäntel, hatten sich in graue Decken gehüllt, einige humpelten. Traurig blickten sie zu Boden. Auch die Pferde sahen müde aus, als hätten sie eine weite Reise hinter sich und schon lange keinen Hafer mehr gefressen. Über die meisten Wagen war ein Dach gespannt, das wie ein Zelt aussah. An den Seitenbrettern klapperten Eimer und Kochtöpfe. Alte Männer hielten die Zügel, neben ihnen lugten Kindergesichter unter der Zeltplane hervor. Die größeren Kinder liefen hinter den Wagen her, die meisten gingen barfuß, obwohl es noch gar kein Sommer war.

Am Gartenzaun stand der alte Fritz, rauchte sein Morgenpfeifchen und schaute sich die sonderbare Karawane an. Tina drückte ihre Nase am Küchenfenster platt.

„Kinder, Kinder, wo wollen die bloß alle hin?“, rief sie.

Rex bellte, als wären die Fremden Diebe oder Einbrecher. Nur Annas Mutter ging ihrer Arbeit nach, als wäre nichts geschehen. Sie stellte ein Glas Milch auf den Küchentisch, schmierte Annas Schulbrot und öffnete ein Glas Erdbeermarmelade.

„Was sind das für komische Leute?“, fragte Anna.

„Ich glaube, es sind Flüchtlinge“, sagte die Mutter.

Sie standen vor der Schule und sahen, wie die Fremden durch Moorhusen zogen. Das waren wirklich sonderbare Leute, so armselig gekleidet, bestimmt hatten sie Hunger. Sie sprachen kein Wort, lachten nicht einmal, nur einige Kinder winkten ihnen zu, als die Wagen vorbeirumpelten. Nun sah Anna auch, dass viele Kutscher, die die Zügel hielten, gar keine Männer, sondern größere Jungs waren, die eigentlich auch zur Schule gehen müssten, anstatt mit dem Pferdewagen spazieren zu fahren.

„Ob die in Moorhusen bleiben?“, fragte ein größeres Mädchen.

Anna konnte sich das nicht vorstellen. Wo sollten die vielen Menschen in Moorhusen schlafen?

Aber die Wagen hielten auf dem Platz vor der Kirche, wo Dorfpolizist Maschke wie eine Verkehrsampel herumstand und dafür sorgte, dass die Fuhrwerke sich in einer Reihe aufstellten.

„Ob die richtig Deutsch sprechen?“, fragte Anna das größere Mädchen.

Nein, so sahen die Fremden nicht aus. Die kamen bestimmt aus sehr fernen Gegenden, wo die Menschen Afrikanisch, Chinesisch oder Timbuktanisch redeten.

Der Bürgermeister ging von Wagen zu Wagen und sprach mit den Fremden. Anna wunderte sich, dass der Bürgermeister von Moorhusen Timbuktanisch verstand.

Ein Junge meinte, die Fremden werden ein Zirkuszelt aufbauen, abends auf dem Seil tanzen, einen Bären spazieren führen und dem Esel das Kopfrechnen beibringen.

Die Moorhusener Kinder wären auch gern zum Kirchplatz gelaufen, um sich die Leute anzusehen, aber da läutete schon die Glocke, und sie mussten zu Lehrer Dusek in die Schule. Der war ziemlich aus der Puste, weil er sich auch die Wagen am Kirchplatz angesehen hatte und sich beeilen musste, um rechtzeitig in der Schule zu sein.

„Wir haben Besuch bekommen“, sagte Dusek. „Weiß einer, was das für Leute sind?“

„Flüchtlinge“, sagte Anna.

„Da hast du recht“, erklärte Dusek. Er fing an, vom großen Krieg zu erzählen, der viele Häuser zerstört und Menschen getötet hatte.

„Aus Angst vor dem Krieg sind diese Leute geflohen. Wochen und Monate waren sie unterwegs, und jetzt sind sie in Moorhusen.“

Dusek ließ abzählen. Siebenundzwanzig Kinder gingen in die Dorfschule von Moorhusen. Das wusste doch jeder, und sie kannten sich alle, denn die Kinder von Moorhusen waren in dem Dorf geboren, und mehr als dieses Dorf hatten sie noch nicht von der Welt gesehen.

„Wir werden etwas zusammenrücken“, erklärte Dusek. „Die Flüchtlingskinder müssen auch in die Schule gehen. Ich denke, wir stellen noch eine Bank neben das Fenster und drüben vor die Tür auch eine, damit alle Platz finden.“

An Schulunterricht war an diesem Morgen nicht zu denken. Kopfrechnen ging nicht und Schreiben schon gar nicht. Die Kinder waren so aufgeregt wie am Weihnachtsabend, bevor der Weihnachtsmann kommt. Und das alles nur wegen der Flüchtlinge.

Dusek hängte eine Landkarte an die Tafel. Mit dem Zeigestock beschrieb er die Gegenden, wo die Flüchtlinge zu Hause gewesen, und die Wege, die sie gefahren waren.

„Das sind Weltreisen“, sagte er.

Anna stieß ihre Nachbarin an und flüsterte, sie würde auch gern mit dem Pferdewagen so eine Reise unternehmen.

Bevor Dusek sie nach Hause schickte, ermahnte er sie, freundlich zu den fremden Kindern zu sein.

„Vielleicht können sie nicht so gut rechnen und schreiben wie ihr“, erklärte er. „Das ist nicht ihre Schuld. Viele sind schon ein halbes Jahr unterwegs und haben in der langen Zeit keine Schule von innen gesehen. Ihr dürft sie auch nicht auslachen, weil sie etwas anders sprechen als die Menschen in Moorhusen. Überall auf der Welt sprechen die Menschen etwas anders, und das ist gut so.“

Nach der Schule war der Kirchplatz leer.

Als die Kinder nach Hause bummelten, sahen sie auf den Bauernhöfen Flüchtlingswagen stehen, die gerade abgeladen wurden.

Vielleicht haben wir auch Besuch bekommen, dachte Anna. Sie beeilte sich, den Moorhof zu erreichen. Ein Flüchtlingswagen stand nicht vor der Haustür. Rex bellte wie immer, wenn er Anna kommen sah, und der alte Fritz saß zur Mittagspause auf der Bank im Garten.

„Na, das ist eine schöne Bescherung!“, rief er Anna zu und zeigte auf einen vierrädrigen Handkarren hinter dem Fliederbusch. „Mit so einem Klapperkasten sind die quer durch Deutschland gefahren.“

Anna stürmte ins Haus und traf als Erstes Tina, die mit Annas Bettzeug im Arm die Treppe herunterkam.

„Kinder, Kinder, was soll das bloß werden?“, jammerte sie.

In der Küche wartete Mutter mit dem Essen. Sie setzte sich zu Anna an den Tisch und sah zu, wie sie Erbsensuppe löffelte.

„Wir mussten ein bisschen umräumen“, sagte sie, „weil der Bürgermeister uns auch Flüchtlinge zugewiesen hat.“

Annas Mutter machte eine Pause und schöpfte Suppe nach.

„Eine Frau und einen Jungen haben wir bekommen", erzählte sie weiter. „Ich habe mir gedacht, es ist das Beste, wenn du zu mir in die Stube ziehst und die Flüchtlinge in dein Zimmer unter dem Dach."

Anna ließ vor Schreck den Löffel fallen.

„In einer Woche ziehen sie bestimmt weiter!", meinte Tina. „Dann bekommst du deine Stube zurück."

„Von wegen eine Woche", brummte der alte Fritz. „Die werden so lange bleiben, bis Ostern und Weihnachten auf einen Tag fallen. Wo sollen die vielen Menschen hin? Die haben doch kein Zuhause."

„Tina und ich haben deine Sachen schon runtergetragen", sagte Annas Mutter.

Anna rannte die Treppe hinauf und stürzte ohne anzuklopfen – denn es war ja ihre Stube – in das Zimmer. Vor ihr stand eine Frau im langen grauen Kleid. Um den Kopf hatte sie ein schwarzes Tuch gewickelt, an den Füßen trug sie klobige Holzschuhe. Anna wollte sagen, dass die Stube ihr gehöre und sie sie bald wiederhaben möchte, aber die Frau lachte so freundlich, dass sie kein Wort sprechen konnte.

Der Junge war auch da. Er saß auf der Fensterbank, schaute sich den Moorhof von oben an und spielte mit Annas Hampelmann, den Tina beim Zimmerausräumen vergessen hatte.

Anna wollte hinlaufen und dem Jungen den Hampelmann wegnehmen, aber die fremde Frau kam ihr zuvor.

„Du hast ihn sicher schon vermisst", sagte sie und brachte ihr den Hampelmann.

Der Junge starrte aus dem Fenster, als wäre Anna überhaupt nicht da. Anna fand das ein bisschen komisch, denn schließlich saß er in ihrem Zimmer auf ihrer Fensterbank und hatte mit ihrem Hampelmann gespielt. Da hätte er wenigstens Guten Tag sagen und seinen Namen nennen können.

Die Frau ergriff Annas Hand.

„Ich bin Frau Waschkun“, sagte sie. „Mein Junge heißt Ingo, er ist elf Jahre alt und gerade ein bisschen traurig.“

„Bis heute früh war das meine Stube“, behauptete Anna.

„Ich weiß, ich weiß“, antwortete Frau Waschkun. „Es tut mir auch sehr leid, dass wir hier wohnen müssen, aber wir können nicht weiterziehen.“

Annas Mutter erschien in der Tür.

„Du darfst Frau Waschkun nicht stören!“, sagte sie. „Die muss nun ihre Tasche auspacken und sich ein bisschen ausruhen.“

Anna gab der Frau den Hampelmann zurück.

„Meinetwegen kann Ingo damit spielen“, sagte sie. „Vielleicht ist er dann nicht mehr so traurig.“

„Wenn Sie etwas kochen wollen, können Sie unseren Küchenherd benutzen“, sagte Annas Mutter zu der fremden Frau. „Wir haben noch Glut im Ofen.“

In diesem Augenblick sprang Ingo von der Fensterbank, rannte die Treppe hinunter, raus aus dem Haus und auf die Straße. Anna dachte schon, der Junge sei aus Angst weggelaufen, und wollte ihn zurückrufen. Es dauerte nicht lange, da kehrte er wieder. In jeder Hand trug er ein Stück Kohle.

„So was kann man im Winter gut gebrauchen!", rief er Anna zu und zeigte ihr seine schwarzen Hände. Er sah aus wie ein Schornsteinfeger.

„Ho ... ho ... das ist ein fixer Bursche!", lobte der alte Fritz. Er hatte alles mit angesehen. Da war ein mit Kohlen beladenes Lastauto durch Moorhusen gefahren. Als es auf dem Kopfsteinpflaster rumpeldipumpel zuging, fielen einige Kohlenstücke vom Wagen. Ingo war hinausgelaufen und hatte sie eingesammelt. Und nun stand er da mit schwarzen Händen und lachte.

Alex kommt

Wo das Wasser ins Land schneidet, einem Linealstrich gleich die sandige Geest teilt, unter Straßen und Eisenbahnen ins flache Grün fällt, wo der Geruch des Meeres mit den Schiffen heraufkommt, die einem neuen Meer zustreben, dort liegt im Schutz des Deiches der Martenshof. Seine Gebäude sind älter als der bald hundertjährige Kanal. Auf dem Stalldach nisteten Störche bis 1945, danach kamen sie nicht wieder, ihr Nest vergammelte und wurde verbrannt an einem 30. April im Maifeuer. Als sie dem Wasser ein Bett gruben, dem Kanal einen Namen gaben nach dem damaligen Herrscher – es kamen Arbeiter aus den östlichen Provinzen, sogar Polen und Wolhynier, im ersten Krieg schaufelten russische Gefangene den Bahndamm, auf dem die Züge übers Wasser nach Norden rollen sollten –, in jenen Jahren verlor der Martenshof seine besten Wiesen. Dafür wuchs ihm ein Geestacker zu, der mehr Steine als Brot hergab. Auch setzten sie einen Deich an die Nordseite des Hofes, der das Wasser daran hindern sollte, Ställe und Gemüsegarten zu überfluten. Seitdem blühten die Bauernrosen, geschützt vor den kalten Winden, um einiges üppiger, der Flieder wuchs zu einer mächtigen Hecke.

Hinter dem Deich kannst du Wein ziehen, sagte, als er noch lebte, der alte Martens, der in seiner Kindheit dabei gewesen war, als sie den Kanal fluteten, und der gestorben war in dem Frühling, als die Engländer den Kanal einnahmen und die Störche nicht wiederkehrten. Weil er Wein nicht sonderlich mochte, hatte er Flieder gepflanzt, die Altenteilerkate mit einem grünen Wall umgeben. Jeden Frühling ertrank der Martenshof im Duft des lila Flieders. Die Radfahrer auf dem Deich hielten an, die Spaziergänger setzten sich ins Gras und bewunderten das blühende Meer zu ihren Füßen, einige stiegen hinunter und brachen heimlich einen Strauß.

So nahe der großen Welt und doch so einsam für sich. Tag und Nacht glitten die Aufbauten der Frachtschiffe, die über die Ozeane gekommen waren, am Martenshof vorbei, fuhren durch die Wiesen, wuchsen über die Viehherden hinaus, warfen Schatten in die alten Fenster und eine Bugwelle ins Schilf. Oft wehte Radiomusik herüber. Ins Stampfen der Schiffsturbinen mischten sich fremde Stimmen, ein Rufen und Singen. Keines der Schiffe hielt am schmalen Steg, auf dem die Angler saßen. Die Riesen kamen und gingen, nahmen ihre Lichter mit und die fremden Stimmen, fuhren von einer Brücke zur anderen. Wenn sie fort waren, blieben nur das Wispern des Windes und das Blöken der Schafe am Deichhang.

An einem Sommerabend ertrank der Kanal im Nebel. Die Schiffe fuhren halbe Kraft, schickten ihre Signale voraus, glitten nicht festlich illuminiert durch die Dunkelheit, sondern blieben verborgen, bis sie kurz vor dem Martenshof gewaltig und drohend auftauchten, zum Greifen nahe, um rasch wieder zu verschwinden. Die feuchte Luft trug die Stimmen, als wären sie hinter der Fliederhecke gesprochen.

Im Bauernhaus schliefen sie schon. Eine Stalllaterne warf weißes Licht in die schmutzigen Pfützen des Hofplatzes, in der Altenteilerkate leuchteten zwei Fenster. Oma Martens konnte nicht schlafen. Sie saß am halb geöffneten Fenster, lauschte dem An- und Abfahren der Autos, die zur Fähre wollten, und den Schiffen, die mit halber Kraft fuhren und doch so laut waren in der feuchten Nacht. Kaum schlief sie ein, schrak sie wieder auf, wenn die Nebelhörner nahe ihrem Fenster dröhnten.

In jener nebligen Nacht klopfte es ans Stubenfenster, wo die alte Frau im Sessel saß, mit weiter nichts beschäftigt als den gefalteten Händen. Ein verhaltenes, zaghaftes Klopfen, als wäre ein verirrter Vogel gegen die Scheibe geflogen.

Da war es wieder. Dann flüsterte eine Stimme. Auf dem Hof schlug der Hund an. Fern klirrten Ketten, und ein dumpfer Aufprall ließ ahnen, dass die Fähre den Landeponton gerammt hatte. Die alte Frau sah ein Gesicht hinterm Fensterglas, aus den Haaren tropfte Wasser. Großer Gott, jemand ist in den Kanal gefallen! Ein Mann, sicher ein Matrose von einem der Schiffe, die um die Welt fahren und hier durch dieses Nadelöhr müssen am Martenshof vorbei. Sie schaltete das Licht aus, weil sie sich fürchtete. Am Fenster die Umrisse der Gestalt, sie hörte wieder die flüsternde Stimme. Über Bord wird er gefallen sein oder gesprungen. Ach, in dieser Gegend flohen viele. Von den Schiffen aus Rostock, Stettin, Danzig oder Leningrad ließen sie sich ins Wasser fallen, schwammen fünfzig Meter, krochen durch den Fliederbusch und klopften ans Fenster, während ihr Schiff ohne sie über die Meere musste.

Sie hörte ihn ums Haus gehen. Nun klopfte es an der Eingangstür. Wieder bellte ein Hund. Oben im Bauernhaus ging das Licht an.

Die alte Frau überwand ihre Angst und öffnete die Tür. Auf der Schwelle stand der Fremde, nass von den Haarspitzen bis zu den Füßen. Geblendet vom Licht, neigte er den Kopf, verbeugte sich, stammelte in fremder Sprache einige Worte, verbeugte sich wieder. Unter ihm bildete sich eine Pfütze, Wasser lief über die Schwelle. Nun erst sah sie, dass er barfuß war.

Bist du vom Schiff gefallen? fragte die Frau.

Er blickte auf und lächelte. Sie sah sein Gesicht, ein junges Gesicht. Diese Augen, so schien es ihr, hatte sie schon einmal gesehen. Groß war er, der Mann. Sein Körper füllte die Tür, und doch schien alle Kraft aus ihm gewichen. Demütig, fast unterwürfig stand er vor ihr. Auf seiner Brust sah sie den roten Stern, beide Arme trugen das Zeichen Hammer und Sichel. Daher kommst du also. Nachdem sie ihn eine Weile angeschaut hatte, war sie sicher, diesen Mann schon einmal gesehen zu haben. Sie ließ ihn eintreten, ging voraus zur Badestube, reichte ihm ein Handtuch und sah zu, wie er sich abtrocknete.

Ihr Sohn hatte den Hund von der Kette gelassen.

Was geht hier vor? schrie er, als er die Altenteilerkate betrat.

Alex ist gekommen, antwortete die alte Frau und zeigte auf den Mann, der in der Badewanne stand und sich abtrocknete.

Du sollst doch nachts keinem die Tür öffnen, Mutter! Heutzutage ist so viel Gesindel unterwegs, die ganze

Welt fährt an unserem Hof vorbei, irgendwann steigt einer aus und schneidet dir den Hals ab.

Alex schneidet keinem den Hals ab, antwortete Oma Martens. Erkennst du ihn nicht? Als du Kind warst, hat Alex oft mit dir gespielt.

Der Bauer beruhigte den Hund, dann ging er zu dem Fremden und fragte nach Woher und Wohin. Der zuckte mit den Schultern und versuchte zu lachen.

Er versteht uns nicht, und wir verstehen ihn nicht, sagte die Frau.

Nun kam auch die Bäuerin über den Hof gerannt und fragte, ob sie die Polizei rufen solle.

Ruf lieber den Doktor, sagte Oma Martens. Alex ist nass, er wird uns noch krank werden.

Wer ist Alex? wollte die Bäuerin wissen.

Er ist zu Besuch gekommen aus Russland.

Alex ist längst tot, Mutter! sagte der Bauer. Der war damals so alt, wie dieser heute ist, und das ist mehr als vierzig Jahre her.

Aber er sieht aus wie Alex, beharrte die alte Frau.

Die Bäuerin ging trockene Kleidung holen.

Ruf mal Rathjen an! schrie der Mann ihr nach.

Um Gottes willen, nicht Rathjen! bat Oma Martens. Alex soll bei uns bleiben, keiner soll ihn abholen und einsperren.

Wir wissen nicht, was mit ihm los ist, Mutter. Vielleicht ist er von Bord gefallen und will zurück auf sein Schiff, das in der Brunsbütteler Schleuse liegt und auf ihn wartet.

Er wird gewiss Hunger haben.

Oma Martens verschwand in der Küche, die beiden

Männer standen sich gegenüber und hörten das Klappern von Töpfen und Pfannen im Nebenraum.

Bist du Russe? fragte der Bauer.

Der Fremde zeigte auf den roten Stern und deutete in die Richtung, aus der sein Schiff gekommen war.

Also stiften gegangen?

Der Besucher verschränkte die Arme vor seiner Brust, sodass sie den roten Stern verdeckten.

Die Bäuerin kam mit trockenen Kleidern, legte ihm das Bündel ins Badezimmer und schloss die Tür. Während der Fremde sich umzog, beratschlagten sie, was zu tun sei. Sie hatten Rathjen nicht erreicht, es nahm keiner ab.

Vielleicht sollten wir ihn ausschlafen lassen und morgen früh Rathjen anrufen, damit er ihn abholt, schlug die Bäuerin vor.

Oma Martens deckte den Tisch. Sie trug Kaffee und Milch auf, brachte Brot und eine Pfanne mit Spiegeleiern, die sie auf einen Ziegel stellte. Als der Fremde aus dem Badezimmer kam, bat sie ihn, am gedeckten Tisch Platz zu nehmen.

Spiegeleier mochtest du am liebsten, sagte sie.

Sie umstanden den Fremden und sahen zu, wie er aß. Er beugte sich tief über den Teller, biss große Stücke ab, kaute langsam, ohne aufzublicken.

Heißt du Alex? fragte Oma Martens.

Der Fremde nickte.

Siehst du, ich habe es euch gleich gesagt, es ist unser Alex.

Was redest du von Alex, Mutter! Der wäre über achtzig Jahre alt und schwimmt durch keinen Kanal mehr.

Vielleicht ist es sein Sohn, fuhr die alte Frau fort. Jedenfalls sieht er unserem Alex ähnlich.

Der Fremde hantierte mit Messer und Gabel und wagte nicht aufzublicken.

Damals hattest du keinen Bart unter der Nase.

Der Fremde lachte.

Du hattest mir versprochen zu schreiben, aber ein Brief aus Russland ist niemals angekommen. Du hast deine Ludmilla gefunden und uns vergessen, so war es wohl.

Mutter, du redest dummes Zeug!

Von den anderen hat auch keiner geschrieben, sprach die alte Frau weiter. Die von Sankt Margarethen nicht, und die aus der Zuckerfabrik in Sankt Michel auch nicht. Alle versprachen, als sie gingen, uns zu schreiben, aber keiner hat es gehalten. Einige wollten sogar auf Besuch kommen, wenn die Welt wieder in Ordnung ist, aber keiner ist eingetroffen. Nur du bist gekommen, Alex, nach vierzig Jahren bist du vom Schiff gesprungen, als es an unserem Hof vorbeifuhr.

Der Bauer schob dem Fremden eine Zigarettenschachtel und Streichhölzer über den Tisch. Als er sich eine Zigarette ansteckte, sahen sie, dass seine Hände zitterten.

Du brauchst keine Angst zu haben, sagte Oma Martens. Du wirst nicht eingesperrt, die Zeiten sind vorbei. Damals schickten sie die Gefangenen ins Straflager zum Torfstechen und Gräben ausheben. Ein paar sind im Moor untergegangen. Weißt du noch, wie einer aus dem Straflager ausbrach und sich bei Evers im Stroh versteckte? Morgens bellte der Hund vor dem Strohberg,

Evers kam mit der Peitsche und prügelte ihn aus seinem Versteck.

Hör auf mit den alten Geschichten, Mutter!

Alex weiß, wie es damals ausgegangen ist, erzählte die alte Frau weiter. Evers hat dem entlaufenen Gefangenen einen Strick um den Hals gelegt, das Strickende über einen Balken geworfen und ihn hochgezogen. Wenn er blau anlief und sterben wollte, ließ er ihn auf die Erde fallen. Hatte er sich erholt, zog er ihn wieder zum Balken. So trieb er es eine halbe Stunde, bis der Mensch tot war.

Der Fremde hatte offenbar nichts verstanden. Er rauchte ruhig seine Zigarette, aber noch immer zitterten die Hände.

Alex weiß auch, wo Evers den Russen verscharren ließ, nämlich auf seinem Rübenacker gleich hinter dem Deich. Alle im Dorf wussten es, aber keiner sprach darüber, bis die Engländer kamen. Alex zeigte ihnen das Grab auf dem Rübenacker.

So etwas ist hier vorgekommen? wunderte sich die Bäuerin, die von Meldorf her eingeheiratet hatte.

Ja, es ist vorgekommen, und du musst es auch wissen, wandte sich die alte Frau an ihren Sohn. Du kamst gerade aus der Schule, als die Engländer den Evers durchs Dorf führten. Sie hatten ihm ein Schild um den Hals gehängt: Ich bin ein Mörder! Ihr lieft ihm nach bis zum letzten Haus. Da luden die Engländer den Evers auf einen Lastwagen und verschickten ihn nach Russland. Zurückgekommen ist er nicht, aber du bist gekommen, Alex. Du sitzt an unserem Tisch und isst Spiegeleier. Dir ist es gut gegangen bei uns, dich hat keiner mit der Peitsche aus dem Strohberg geprügelt.

Hör auf, so zu reden, Mutter! Er versteht dich doch nicht.

Und ob er mich versteht. Nicht wahr, Alex, du verstehst mich?

Der Besucher lachte.

Die Frau Evers lebt noch in einem Altersheim in Marne. Die weiß auch, wie es zugegangen ist. Nachdem die Engländer ihren Mann abgeholt hatten, musste sie mit eigenen Händen den toten Russen ausgraben und ihm ein ordentliches Begräbnis auf unserem Friedhof geben.

Der Fremde stand auf und verneigte sich vor der alten Frau.

Er kann bei uns im Bauernhaus schlafen, sagte die Bäuerin.

Warum denn schlafen? Wir haben noch viel zu bereden, nicht wahr, Alex? Weißt du noch, wie du nach dem Krieg Schuhe eingekauft hast? Für Geld gab es nichts, nur für Naturalien. Du kamst zu mir in die Küche und wolltest zwölf Eier geliehen haben. Für drei Stunden, sagtest du. Du packtest die Eier in eine Tüte und gingst zum Schuhekaufen nach Wilster. Im Laden sagten sie, es seien keine Schuhe da. Du zeigtest ihnen die Eier, da nahm der Schuhhändler dich nach hinten, um mal nachzusehen. Und wirklich, es fanden sich Schuhe. Du probiertest sie an, behieltest ein Paar gleich an den Füßen, und als es ans Zahlen ging, drücktest du dem Schuhhändler ein Bündel Reichsmarkscheine in die Hand. Die Eier brachtest du zurück in meine Küche.

Der Fremde lächelte.

Siehst du, jetzt fällt es dir wieder ein.

Über dem Kanal lichtete sich der Himmel. Der Intercity nach Westerland rasselte über die Hochbrücke. Im Westen leuchteten die Industrieanlagen von Brunsbüttel.

Die Engländer stellten dir frei, nach Amerika auszuwandern oder nach Russland heimzukehren, sagte Oma Martens. Aber du hattest ja Heimweh nach deiner Ludmilla, deshalb bist du nach Osten gefahren. Sonderbar, dass aus Russland keiner geschrieben hat. Vielleicht haben sie dort keine Post, oder es fehlt ihnen an Papier. So viele Gefangene, und keiner schrieb ein Wort, nicht mal eine Ansichtskarte. Wo sind sie nur geblieben in dem großen Russland? Damals lebten sie noch. Sie stiegen fröhlich in die Eisenbahnzüge, aber keiner hat je erfahren, wo sie angekommen sind.

Er soll nun schlafen, entschied der Bauer.

Sie gingen mit ihm über den Hof, die alte Frau begleitete sie.

Oma wird auch langsam tüdelig, meinte die Bäuerin.

Längst hatte der Mond den Nebel besiegt. Sein Licht fiel ins schwarze Wasser der Moorkanäle. Das düstere Gemäuer des Schöpfwerks warf seinen Schatten an den Himmel. Die Nebelhörner waren verstummt.

Aus dem Leben eines Briefträgers

Heute wird Georg verabschiedet. Nicht unter die Erde, sondern in den wohlverdienten Ruhestand. Der Amtsleiter hat sich eine Rede ausgedacht, auch Walter von der Gewerkschaft will ein paar passende Worte zum Besten geben von wegen dreißig Jahre immer auf Posten. Gregor darf später kommen und früher gehen, wie das Brauch ist bei uns, wenn einer verabschiedet wird. Ein gelbes Auto wird ihn nach Hause bringen, vorher gibt es Kaffee, Butterkuchen und einen Schnaps aus der Gemeinschaftskasse.

Gregor will auch das Wort ergreifen. Dreißig Jahre hat er ausgetragen, was andere mitzuteilen hatten, selbst aber immer nur geschwiegen, nun bleibt einiges zu sagen. Die jungen Kollegen sollen etwas lernen von seinen dreißig Jahren. Darum will er reden, gleich nach dem Amtsleiter und nach Walter von der Gewerkschaft.

Dreißig Jahre die gleiche Tour, immer quer über die Dörfer. Anfangs mit dem Dienstrad Marke NSU, später per Mofa. Er hätte ein gelbes Auto haben können, wollte aber nicht. Auf die alten Tage noch den Führerschein machen, nur um Briefe auszutragen? Außerdem: Wenn ein Briefträger mit dem Auto unterwegs ist, herrscht Schnapsverbot. Also entgeht dir einiges. Die Menschen in unserer Gegend sind nämlich großzügig und geben einen aus, wenn Anlass dazu ist, ein freudiges Ereignis zum Beispiel oder Glück im Spiel, von Liebe ganz zu schweigen. Auch zu den großen Feiertagen wird meistens Alkoholisches ausgeteilt und natürlich bei schlechtem Wetter. Wenn der Sturm die Pappeln in der Wilstermarsch wie Schilfrohr biegt, wenn der Regen die Straße peitscht oder Schneekrümel durch die Lüfte jagen, setzen sie schon mal einen heißen Grog an für ihren Briefträger. Solche Gelegenheiten gilt es zu bedenken, wenn du dich für ein Verkehrsmittel entscheidest; mit dem Auto ist der Briefträger früher zu Hause, aber ihm entgeht einiges.

Gregor kam aus einer Zeit, als die Post noch mit dem Herzen ausgetragen wurde. Er litt mit denen, die schlechte Nachrichten bekamen, und freute sich über gute Botschaften. Solches steht zwar in keiner Postdienstordnung, auch die Beamtengesetze sprechen nicht von herzlicher Anteilnahme, aber da die Briefträger nun mal das ganze Glück und Unglück der Menschheit spazieren tragen, konnte es schon vorkommen, dass Gregor sich zwischen Budenfleth und Bahrenfleth hinter den Knick setzte und ein paar Tränen abwischte. So viel ist gewiss: Alle bedeutenden Ereignisse, die die Menschen aufwühlen, kommen per Post. Und Gregor war ihr Bote. Er gehörte aber nicht zu denen, die Briefe über Wasserdampf hielten, um zu erfahren, was Therese Joost über Hänschen Drefs zu sagen hat. Gerade nur so viel, dass er gelegentlich den Text von Urlaubskarten überfliegen musste, was sich nicht vermeiden ließ, denn schließlich können Briefträger ihre Arbeit nicht mit geschlossenen Augen verrichten. Grete Wessel sitzt auf dem Wilden Kaiser in Tirol, na, die wollte schon immer hoch hinaus. Ob Tetje Voß sich so was wie Venedig erlauben kann, ist noch sehr die Frage. Der soll lieber den morschen Zaun hinter seinem Kälberstall richten, anstatt im Dogenpalast spazieren zu gehen und italienische Tauben zu füttern. Der Pastor schickte massenweise Ansichtskarten von den heiligen Stätten, und als Hinnerk Schulz sich von den Cowboys im Wilden Westen meldete und beiläufig erwähnte, dass er einen Mustang geritten und sich fünfundvierzig Sekunden im Sattel gehalten habe, meinten alle, denen Gregor von diesem Ritt erzählte, dass Hinnerk da auch hingehöre, in den Wilden Westen nämlich.

Nach dreißig Jahren ist Folgendes festzustellen: Die Texte auf den Urlaubskarten sind langweilig und nicht der Rede wert. Sie haben nur mit schönem Wetter, mit Essen und Trinken und guten Aussichten zu tun. Viel mehr interessierten Gregor die Bilder. In seiner Posttasche versammelte sich die Schönheit der Erde, der schneebedeckte Kilimandscharo lag neben Wolkenkratzern und Feuer speienden Bergen, Hinnerk auf dem Mustang und Therese Timm vor dem Dom zu Meldorf. Nicht dass die Leute, die zu Gregors Tour gehörten, besonders viel reisten, aber es läpperte sich zusammen. Einige hatten auch Verwandtschaft in Argentinien und Kanada. Von der kamen meist Bilder der schönsten Wasserfälle. Ja, du kannst schon Sehnsucht nach der Welt bekommen, wenn du im Knick verpustest und dir die afrikanischen Tafelberge ansiehst.

Am letzten Arbeitstag musste es mal laut gesagt werden: Gregor hat sich immer an die Vorschriften gehalten und nicht in anderer Leute Post herumgeschnüffelt. Trotzdem wusste er, was durch seine Hände ging. Wenn du dreißig Jahre die gleiche Tour machst und erlebst, wie einer vierundzwanzig Stunden nach seiner Geburt schon den ersten Brief bekommt, nämlich von der Kreissparkasse, die dem neuen Erdenbürger ein Konto mit einem Gutschein von fünf Mark eröffnen will, wenn du siehst, wie sie aufwachsen, heiraten und sterben, dann überrascht dich kein Kuvert mehr. Gregor spürte am Gewicht, an Geruch und Handschrift, nicht zuletzt am Absender, was die Briefeschreiber bewegte. Trauerbriefe waren ja am leichtesten zu entziffern. Da ging es nur darum, ob der Verblichene aus der Nähe kam, also zu Herzen ging, oder aus der ferneren Umgebung, sodass Traurigkeit nur Pflicht war. Oh, Gregor wusste, wie Menschen auf Trauerbriefe reagieren. Sie legen sie erst mal ganz zuunterst, werfen einen Blick in die Zeitung, reden über das Wetter, Frauen verstecken sie gern unter ihrer Schürze. Aber du merkst ihnen an, dass sie an den schwarzen Rand denken und im Stillen die Verwandtschaft überschlagen.

Auch eine Art von Trauerbriefen, aber ohne schwarzen Rand, sind Kündigungen per Einschreiben. Egal, ob es um die Miete oder die Arbeit geht, solche Briefe fallen schwer, und ein paar Mal ist es vorgekommen, dass Gregor sie aus Mitleid wieder mitgenommen und erst am nächsten Tag zugestellt hat, wenn nur die alte Oma da war, die von Kündigungen per Einschreiben sowieso nichts mehr verstand.

Zum Glück brauchte Gregor nie in Kriegszeiten Briefe auszutragen. Das wäre über seine Kraft gegangen. Sein Vorgänger, der alte Struve, ist dösig im Kopf geworden wegen der vielen, die sich per Feldpost zu

Hause abmeldeten. Zu Struves Zeiten ging es noch laut zu bei der Briefzustellung, da war nichts mit Trauerbriefe-unter-die-Schürze-Stecken und erst mal einen Blick in die Zeitung werfen. Damals schrien die Frauen, Kinder weinten, die Alten schlugen mit der Faust gegen den Türbalken und verfluchten den, für den die jungen Männer losgezogen waren. Der alte Struve hat diese Ausbrüche stets für sich behalten und nicht nach oben gemeldet, wie es damals Vorschrift war, denn ein Briefträger soll das Unglück, wenn es schon einritt, nicht noch vergrößern. Nein, vom Krieg wusste Gregor nichts zu berichten. Nur so viel, dass in seiner Lehrzeit manchmal Briefe nach Russland gingen und von dort kyrillische Antworten kamen. Auch gab es regen Briefwechsel mit dem Suchdienst des Roten Kreuzes. Aber sonst war der militärische Postverkehr zu Gregors Zeiten eher spaßig. Einberufungen zur Bundeswehr kamen vor. Das stand nicht auf dem blaugrünen Umschlag, aber du kannst es fühlen an der Dicke und weil der Brief mit Zustellungsurkunde verschickt wird. In Tränen ist darüber noch keiner ausgebrochen, weil Zur-Bundeswehr-Gehen heutzutage nicht gefährlicher ist als Treckerfahren auf dem Kartoffelacker oder im Wilden Westen den Mustang reiten.

Wie aber erkennt ein guter Briefträger Liebesbriefe? Als Erstes: Sie sind nicht mit Schreibmaschine geschrieben. Die Handschrift ist überaus akkurat. Manchmal kleben sie die Briefmarke so auf den Kopf, dass dem Präsidenten ganz schwindelig wird. Als Absender haben Liebesbriefe meistens nur zwei Buchstaben, damit der Empfänger nicht gleich erkennt, wer da entbrannt ist.

Das liebende Herz soll ein bisschen raten. Manchmal finden sich gemalte Herzen, von Amors Pfeilen durchbohrt, auf dem Umschlag, auch Rankrosen gehören zur Liebe. Neuerdings lieben sie sich mit Aufklebern wie „Stop FCKW" und „Rettet die Nordsee". Manche Liebesbriefe kommen auch vom Gericht. Da heißt es „Müller gegen Müller", und am Ende findet ein dickes Scheidungsurteil im Namen des Volkes seinen Weg per Postzustellung zu uns ins Dorf.

Eine besondere Art von Liebesbriefen bekam Willi Lankmann von einer bestimmten Firma aus Flensburg zugestellt. Dazu auch dicke Kataloge, die er im Postamt lagern ließ, damit sie nicht in unrechte Hände gerieten. Einmal war die Sendung beschädigt, und Gregor warf einen Blick in das Innere: nur nacktes Menschenfleisch. Er hat Willis Frau kein Wort davon gesagt, aber es sollte ihr doch zu denken geben, was ihr Mann da immer mit Flensburg zu schreiben hat. Ansonsten lässt sich über Werbebriefe nicht viel sagen, von denen kannst du nichts lernen. Sie bewegen keinen Menschen, lassen nicht lachen oder weinen, sie machen nur Arbeit. Wenn im Frühjahr und Herbst die Kataloge der Versandhäuser eintreffen, sind Überstunden angesagt, und das Dienstrad bekommt fast einen Platten.

Bei Heinrich Ladohl meldete sich an jedem Monatsersten der Lotterieeinnehmer brieflich zu Wort. Der weiß nicht, dass Heinrich schon reich genug ist, und will ihn unbedingt zum Millionär machen. Gregor erinnerte sich nicht, dass das große Los in den dreißig Jahren, die er die Post austrug, in seine Gegend gekommen war. Neunhundertdreiunddreißig Mark im Lotto kamen schon mal vor, kurz vor Bußtag, aber am Totensonntag war schon der letzte Pfennig ausgegeben.

Was schreibt der Doktor aus der Stadt zu jedem Quartalsersten an Oma Brandt? Gregor weiß es. Der mahnt den Krankenschein von der Landwirtschaftskasse an und schickt Rezepte für Stärkungstropfen, denn im Dorf ist es ausgemacht, dass Oma Brandt als erster Mensch in dieser Gegend hundert Jahre alt werden soll.

Die Briefe, die der Versicherungsvertreter Fröhlich an Hermine Kreuzer schickt, sind eher Werbe- als Liebesbriefe. Er möchte gern ihr kostbares Leben haben, aber nur auf der Versicherungspolice für monatlich zweihundert Mark. Trotzdem schreibt er „Liebes Fräulein Kreuzer“ und „mit herzlichen Grüßen“. Dazwischen verklart er ihr die hohen Zahlen und den gewaltigen Gewinn, den man mit dem eigenen Leben machen kann. Das Finanzamt sieht es auch gern, wenn einer sein Leben versichert, schreibt dieser Fröhlich an unsere Hermine. Ansonsten sind Briefe vom Finanzamt nicht gerade von der guten Sorte. Die meisten haben ein Klarsichtfenster, sodass du auf den ersten Blick erkennen kannst, ob da etwas Ernsthaftes drinsteckt oder nur ein vorgedrucktes Formular. Gefährlich sind dünne Briefe, in ihnen stecken nur Mahnungen.

Meta Bornholm schrieb aus dem Krankenhaus in Heide an „Meine Lieben“. Na, wenn es so mit einer Kranken steht, dass sie aus dem Krankenhaus Briefe schreiben und zum gelben Kasten tragen kann, ist wohl das Schlimmste überstanden. Sonst kommt ja selten Post aus Krankenhäusern, weil das Schreiben im Bett so unpasslich ist, die meisten auch nicht zum Briefkasten gehen können.

Ein schwieriges Kapitel sind Briefe aus dem Gefängnis. Das siehst du ihnen nicht an, als Absender steht nicht etwa: Albert Strüving, Zelle 17, du musst es fühlen, gewissermaßen durchs Papier. Dazu braucht ein Briefträger jahrelange Erfahrung. Viel Auswahl bleibt ja nicht. Wenn einer lange abwesend ist und plötzlich schreibt, kann der Brief nur aus dem Gefängnis kommen oder von hoher See. Zum Glück gibt es solche Irrläufer auf Gregors Tour nur selten. Franz Kröger durfte ein paar Mal aus der Strafanstalt Lingen/Ems schreiben, nachdem er in Langendorf zwei Feuer gelegt hatte.

Ein Kapitel für sich sind Briefe aus dem Ausland, weil sie bunt und mit vielen Marken beklebt sind. Geriet so ein Brief in seine Tasche, fragte Gregor die Leute, ob sie Briefmarken sammeln. Wenn nicht, ließ er sich die Umschläge schenken für seine Enkel, denen er das Briefmarkensammeln beigebracht hatte. Der Name Fuerteventura kam oft vor in Gregors Auslandspost. Er klang etwas windig und auch nicht ganz anständig.

Gerhard Kühl erhielt mehrfach Post von amerikanischen Indianern, die ihn in ihren Stamm aufnehmen wollten. Der brachte es auch fertig, sich Arm in Arm mit dem großen Jesus auf dem Zuckerhut knipsen zu lassen und eine Postkarte davon an seine Leute zu schicken.

Was Willi Lankmann aus einem Ort namens Bangkok zu schreiben hat, konnte Gregor nicht in Erfahrung bringen. Klang wie das norddeutsche Pankoken. Die gab es auch zu Hause reichlich, da brauchte er nicht um die halbe Welt zu fliegen. Die bestimmte Flensburger Firma genügte ihm wohl nicht mehr.

Ein Wort ist noch zu verlieren über die Wadenbeißer. Nur dreimal hat es Malheur gegeben, ein guter Schnitt in dreißig Jahren. Einmal aber passierte es gründlich mit Tollwutverdacht, sodass Gregor sich im Krankenhaus spritzen lassen musste. Leider hat es auch einen Todesfall gegeben. Eine Dogge sprang Gregor an, mit der Linken hielt Gregor dem Hund die Posttasche hin, mit der Rechten schlug er ihm auf die Nase. Da warf sich das Tier in den Straßengraben und verendete binnen kurzer Frist. Später erfuhr Gregor, dass Hundenasen besonders empfindlich sind und einen ordentlichen Schlag nicht vertragen können. Der Amtsleiter schrieb damals einen Rundbrief an alle Briefträger, dass sie beim Umgang mit Hunden nicht auf die Nase zielen sollten. Die Post wolle keinen Ärger mit dem Tierschutzverein.

So sind dreißig Jahre Briefzustellung dahingegangen. Walter von der Gewerkschaft regte an, Gregor solle im Ruhestand seine Erlebnisse zu Papier und als „Erinnerungen eines Briefträgers“ in die Buchläden bringen. Aber Gregor will es auf seine alten Tage so machen wie Erich Timmermann. Der schreibt und erhält im ganzen Amtsbezirk die meisten Briefe und verdient längst einen Orden von unserem Postminister. Er hat sich nämlich darauf geschmissen, Leserbriefe zu verfassen. Über Ortsumgehungen und Schweinepest, über die letzte Rede des amerikanischen Präsidenten, den Ausbruch des Pinatubo und die Trockenlegung unserer Moorwiesen weiß er viel zu sagen. Da die Leute von der Zeitung höfliche Menschen sind, geben sie immer Antwort, sodass ein reges Hin und Her per Post stattfindet. Neulich bekam Erich Timmermann vier Briefe auf einen Schlag, den ersten vom Bauernblatt, einen von unserer Kreiszeitung, den dritten von einem bekannten Magazin aus Hamburg und einen sogar von einem Weltblatt aus Frankfurt. Neuerdings wagt er sich auch ans Fernsehen. In einem Seherbrief beschwerte er sich, dass die Frau vor der Wetterkarte nur Schlechtes über Deutschlands Norden zu sagen weiß. Schlechtes Wetter ist in Wirklichkeit gutes Wetter, teilte Erich Timmermann dem Fernsehen mit, davon wachsen die Rüben und Kartoffeln. Das Fernsehen antwortete ihm freundlich. Die Frau vor der Wetterkarte wird, so schrieben sie, wenn sie wieder einmal Regen für Deutschlands Norden anzusagen hat, kurz erwähnen, dass es auch Menschen gibt, die sich über nasses Wetter freuen, zum Beispiel Erich Timmermann aus Bullenhusen.

Schlangestehen 1947

Das war eine furchtbare Kette der Langeweile. Stundenlang auf einen Brathering warten oder auf frisches Maisbrot. Morgen bekommt Krämer Vagt vielleicht Mehl. Wenn nichts dazwischenkommt, werden in der nächsten Woche die Zuckermarken aufgerufen.

Aber eine Schlange hat auch ihre Zerstreuungen. In ihr erfährst du, was im Dorf geschieht. Auch wird dir in der Schlange so richtig vorgeführt, wer die wichtigsten Menschen im Ort sind. Krämer Vagt zum Beispiel, weil er das besaß, was zum Überleben gebraucht wurde. Oder Schieber-Schmidt mit seinem leeren Textilladen. Sogar der Holzpantoffelmacher Numssen war eine wichtige Persönlichkeit – jedenfalls was die Füße angeht –, von Schreiber Knaack ganz zu schweigen, der den Stempel für die Zuzugsgenehmigungen besaß und den Schlüssel für den Schrank mit den vielen bunten Lebensmittelkarten.

Nicht zu vergessen Schlachter Tetje von der Ecke, dessen Wurstsuppe immer durchsichtiger wurde. Einmal mit dem Handtuch über den Wursttisch gefeudelt, anschließend das Tuch aufgekocht.

Ihm fiel auf, wie selten Einheimische in den Schlangen standen. Das Anstehen schien eine Erfindung der Flüchtlinge zu sein. Die Einheimischen gingen, wie sie es immer getan hatten, nach Feierabend in Tetjes Schlachthaus und sagten: „Tetje, pack mir mal 'ne Blutwurst ein." Oder sie kamen in der Mittagszeit hinten über den Hof zu einem Klönsnack mit Bäcker Sengelmann und nahmen an Brot und Rundstücken mit, was sie brauchten.

Während der langen Wartezeiten studierte er die Gesetze der Schlange, ihre Stimmungen und Launen. Eine Schlange ging, das fand er heraus, niemals geradeaus, sondern schlängelte sich auf dem Bürgersteig hin und her. Sie machte einen Bogen um Straßenbäume, wich Pfützen aus und lehnte sich an Mauern und Zäune an. Das krumme Geschlängel der Schlange hing damit zusammen, dass der Schwanz immer wissen will, was der Kopf tut.

Diese knisternde Spannung! Wird das, was Tetje von der Ecke anzubieten hat, noch ausreichen, bis du an der Reihe bist? Pass auf, dass die Marken nicht geklaut werden! Wenn die Menschen so unnütz herumstehen, kommen sie auf dumme Gedanken.

Meistens stand er nach Heringen und Brot an, oft auch nach markenfreien Knochen bei Tetje von der Ecke.

Obwohl das Anstehen keine schwere Arbeit war, fielen häufig welche in Ohnmacht. Meistens ältere Menschen. Dann rannte ein Junge zum Mühlenteich, um kaltes Wasser zu holen; die anderen hielten ihm den Platz in der Schlange frei. Die meisten kamen nach einem Wasserguss wieder zu sich; nur ein einziges Mal musste Doktor Kruskoop erscheinen.

Oft erledigte er seine Schularbeiten in der Schlange. Kopfrechnen zum Beispiel oder lange Gedichte auswendig lernen.

Auch das große Einmaleins passte in die Schlange.

Die Schlangengespräche verliefen nach einem gleichförmigen Muster. „Haben Sie schon gehört? Morgen kommen Haferflocken rein! … Kasulki hat zehn Regenmäntel bekommen, waren aber schon alle weg … Auch aus gewöhnlichen Futterrüben lässt sich Sirup kochen, nur bringt es weniger als aus Zuckerrüben …"

Angenehme Abwechslung brachten die Mogelspielchen der Schlange. Vordrängeln zum Beispiel. Ausreden erfinden, um vorgelassen zu werden. Da kommt eine junge Frau, vom Körperbau her kräftig genug, um zwei Stunden in der Schlange zu stehen. Aber sie behauptet, ein schwer krankes Kind zu Hause zu haben. „Das liegt im Bett und schreit." Und schon ist sie in Tetjes Laden.

Ein Schrecken waren die Schwerbeschädigten, die Lahmen, Blinden und Rollstuhlfahrer, die in großer Zahl auftauchten und ihren Sonderausweis demonstrativ vorlegten. Das halbe Deutschland war schwerbeschädigt und durfte sich vordrängeln.

Und dann dieses schreckliche Erlebnis mit der alten Oma vor dem Laden von Bäckermeister Sengelmann.

Sie kam auf Krücken an und zog das rechte Bein mehr nach, als es nötig gewesen wäre. Vor ein paar Tagen hatte er sie noch ohne Krücken in die Kirche gehen sehen. Aber jetzt sah sie so aus, als könnte sie es keine zwei Stunden in der Schlange aushalten. Sie verharrte hilflos an der Hauswand und wartete darauf, dass jemand sagte: „Na, Oma, dann geh mal vor!"

Aber daran war nicht zu denken. Die deutsche Jugend taugte nichts, besaß keine Ehrfurcht vor dem Alter. Und weil der Oma niemand freiwillig den Vortritt ließ, drängte sie sich vor die Kinder. Denn Kinder haben den Mund zu halten, dürfen keinen Widerstand leisten, müssen sich vor weißen Haaren in Ehrfurcht beugen.

„Ihr habt noch junge Beine“, meinte sie entschuldigend.

Mein Gott, wen sollte er noch vorlassen? Omas gab es wie Sand am Meer und Schwerbeschädigte und schwangere Frauen und Mütter mit kranken Kindern dazu. Er geriet in Torschlusspanik, erinnerte sich jener furchtbaren Szene vor einer Woche, als er bei Krämer Vagt nach Heringen angestanden hatte. Nach anderthalb Stunden Wartezeit war er bis auf zwei Schritte an Vagts Tonbank herangekommen. Da hatte der Krämer den letzten sauren Hering aus dem Fass geholt, ihn vor den Wartenden in die Luft geworfen, das Maul aufgesperrt und den Hering mit einem Happs verschlungen. Und als er mit leerem Eimerchen nach Hause gekommen war, hatte die Mutter gesagt: „Du hast wohl wieder getrödelt.“

Wäre es allein nach der Körperkraft gegangen – er hätte die Oma ohne Mühe beiseitedrängen können. Aber ein deutscher Junge darf sich nicht an einer hinkenden Großmutter vergreifen. Er musste geschickter vorgehen. Scheinbar unbeabsichtigt stieß er mit dem Fuß gegen die Krücke der alten Frau. Das Holz flog auf das Pflaster, und die Oma musste aus der Schlange ausscheren, um die Krücke zu holen. Diesen Augenblick nutzte er. Er schloss eng zu einem Vordermann auf und umklammerte ihn so fest, dass die Oma nicht mehr vor ihm in die Schlange konnte.

Bäcker Sengelmann hatte den Kampf mit der alten Oma beobachtet. Er kam auf die Straße und schrie über die Köpfe der Schlange hinweg, dass die deutsche Jugend endlich wieder Zucht und Ordnung brauche. Eine solche Unverschämtheit gegenüber alten Leuten habe es zu Adolfs Zeiten nicht gegeben. Sprach's und führte die alte Frau an der Schlange vorbei in den Bäckerladen zur bevorzugten Bedienung. Ach, eine humpelnde Oma müsste man haben! Die könnte man ausschicken zu allen Schlangen der Welt, die käme überall durch.

Kurz darauf kehrte Sengelmann zurück, blieb vor ihm stehen und sagte: „Du kriegst heute nichts, du kannst abhauen!"

Betroffen starrte er zu Boden. Er fühlte die Blicke der Schlange auf sich gerichtet; ihm schien es, die Schlange empfinde Schadenfreude über diesen Ausgang der Dinge.

„Jetzt muss ich mich wieder anstellen", sagte die Mutter, als er heimkehrte. „Wann begreifst du endlich, dass du dich fügen musst? Du kannst nicht machen, was du willst. Du musst dich zusammenreißen, weil wir auf Bäcker Sengelmann angewiesen sind."

Sie griff nach dem Einkaufsnetz, raffte die Lebensmittelkarten zusammen und eilte zu jener krummen, geduldigen Schlange, die noch immer vor dem Laden von Bäcker Sengelmann ausharrte.

Schweinemaskerade

Die Zeiten können noch so schlecht sein – die Feste fallen niemals aus. Ende Januar begann es mit der Sportlermaskerade des TSV, einem Fest für die jungen Leute. Zwei Wochen später folgte die Sängermaskerade der Liedertafel für die feinen Leute. Die letzte Veranstaltung des Winters war die Schweinemaskerade für die einfachen Leute. Die Schweinegilde war der älteste Verein des Dorfes. Schon 1790 war sie in den Urkunden erwähnt worden; sie hatte die Dänenzeit, die Preußen, den Kaiser und die Weltkriege überstanden und zahlte jedem Gildemitglied eine Entschädigung, wenn ein Schwein „an der Pest, dem Rotlauf oder sonstigem Ungeschick tot blieb", wie die Satzungen sagten.

Die Unterschiede zwischen den drei Maskeraden beschränkten sich auf die Eintrittspreise und den Aufwand für die Maskierung. Die Sängermaskerade wurde stets mit einem Begrüßungslied des Männerchores eröffnet:

Grüß Gott! Grüß Gott mit hellem Klang!
Heil deutschem Wort und Sang!

Es war eine der wenigen Gelegenheiten, das missbrauchte Wort Heil schon wieder in den Mund zu nehmen. Abgesehen von dem Eröffnungschor hatten die drei Maskeraden die gleiche Musik. Immer spielte die Kapelle 98, die so hieß, weil alle drei Musikanten im Jahre 1898 geboren waren. Zwei Abweichungen vom Repertoire wurden zugelassen: Auf der Sportlermaskerade gab es des Öfteren den Sportpalastwalzer, und den Sängern spielte die Kapelle gleich am Anfang, wenn noch niemand betrunken war, den Walzer „Mondnacht auf der Alster“ zum Mitsingen vor.

Die Schweinemaskerade Mitte Februar 1948 war die erste Tanzlustbarkeit, an der Ella in ihrem jungen Leben teilnehmen durfte. Ab sieben Uhr abends glühte der Ofen auf dem Saal des Wallensteiner Hofs. In seiner Nähe war es nicht auszuhalten vor Hitze, aber auf der anderen Seite des Saals gefror der Grog in den Gläsern. Es gab reichlich Bier, seichtes Plätscherwasser, das auf die Blase drückte. Wer Schnaps haben wollte, musste eine Buddel von zu Hause mitbringen. Für den Magen hatte der Wirt eine Wanne voll Kartoffelsalat bereitgestellt. Frikadellen gab es dazu, aber nur unter der Hand für besonders gute Kunden. Der schönsten Maske hatte Tetje von der Ecke eine Rauchwurst gestiftet. Der zweite Preis, eine Torte, kam von Bäcker Sengelmann. Ein buntes Kopftuch hatte Schieber-Schmidt als dritten Preis für die Maskerade erübrigt.

Wochenlang hatte Ella für dieses Fest gearbeitet. Aus Abfällen der Nähstube war das bunte Gewand eines heruntergekommenen Harlekins entstanden. In normalen Zeiten hätte dieser Flickenteppich gute Aussichten auf die Rauchwurst gehabt, aber im Jahre 1948 war man der aufgesetzten Flicken überdrüssig. Es musste etwas Schönes sein, ein heiles Königsgewand, Schneewittchen aus Seide, eine Prinzessin mindestens.

Um halb neun zog die Kapelle in den Saal, dahinter in Zweierreihen die Maskierten. Die Zuschauer kletterten auf die Bänke und klatschten im Takt zu den

„Alten Kameraden“, dem Einzugsmarsch der Schweinegilde.

Ellas kleiner Bruder lag draußen auf einem eingeschneiten Rübenwagen und beobachtete das Getümmel im Saal durch die abtauenden Fensterscheiben. Seine Füße froren, aber der Kopf glühte. Für ihn war diese Maskerade nicht weniger aufregend als für seine Schwester, die sich zum ersten Mal in das Gewühl der Geschlechter stürzte, sich anfassen, drücken, im Kreise drehen und beriechen lassen musste. Er verfolgte jeden ihrer Schritte, wäre gern ihr kleiner Schutzengel gewesen, denn auf so einer Schweinemaskerade läuft alles durcheinander. Da passieren schlimme Dinge, werden Kleider zerrissen, Zähne ausgeschlagen und Nasen verbeult; da tanzen sogar Einheimische mit Flüchtlingen.

Glücklicherweise durften nur Maskierte zum Tanz auffordern. Das erleichterte es Ella, sich allzu großer Zudringlichkeit zu erwehren. Da vor allem Mädchen eine Maske trugen, artete das Ganze in eine unendliche Damenwahl aus.

Die 98er spielten in wundervoller Vermischung für jeden etwas. „Wir wollen unsern alten Kaiser Wilhelm wiederhaben“ (den mit Bart) und den „Treuen Husaren“, der auch 48 noch über die Tanzsäle ritt. „La Paloma“, die weiße Taube, kam aus Hamburg von Hans Albers zu Besuch und schwebte durch die verräucherte Luft des Wallensteiner Hofs.

„Ich tanze mit dir in den Himmel hinein“ ... Bei diesem langsamen Walzer erledigte Bauer Kock seinen Pflichttanz mit Frau Henriette; er entwickelte eine gewaltige Fliehkraft, verschaffte sich Luft im Umkreis von vier Metern und musste mit Gewalt vor dem glühenden Ofen gebremst werden. Der nächste Tanz war „Rosamunde“ (die mit dem Sparkassenbuch). Auf der Schweinemaskerade brachten sie es sogar fertig, nach dem „Wolgalied“ zu tanzen, nach dem in Deutschland sonst nur geweint wurde. Jemand, wohl ein Flüchtling aus Schlesien, bestellte das Rübezahllied „Hohe Tannen“ und bezahlte es bei den 98ern mit einer Lage Bier. „Nur einmal blüht im Jahr der Mai, nur einmal im Leben die Liebe“ … Na, das stimmte auch nicht mehr; in neuerer Zeit blühte sie öfter, die Liebe.

Plötzlich ging das Licht aus. Stromsperre. Die Mädchen kreischten, denn es war zu befürchten, dass die Gelegenheit wahrgenommen wurde, um zu küssen, was sich küssen ließ. Die Musik spielte pausenlos in die Dunkelheit hinein, spielte ohne Licht und Noten aus dem Kopf, überbrückte die peinliche Finsternis, in der nur der glühende Ofen spärliche Helligkeit verbreitete. Der Krugwirt brachte Kerzen, aber als sie brannten, kam der Strom wieder. Ein paar Biergläser waren in der allgemeinen Verwirrung umgekippt, ein Teller mit Kartoffelsalat lag wie ein Kuhfladen auf der Tanzfläche. Da stand auch Ella. Gottlob, noch war alles dran.

„Heiß! Heiß!“, schrie die Bedienung so laut, dass es draußen auf dem Rübenwagen zu hören war. Mit Grogläsern jonglierte der Kellner über den Köpfen der Menge. Dorfpolizist Willers marschierte in voller Montur, die Fahrradklemmen noch an den Hosenbeinen, durch den wogenden Saal, grinste freundlich nach allen Seiten und umklammerte mit der einen Hand ein Bierglas, mit der anderen seinen Gummiknüppel.

Im Festsaal trieb die Maskerade ihrem Höhepunkt zu. Vor der Demaskierung antreten zur Polonaise! Hinter der Musik zogen die Maskierten durch den Saal, überschwemmten die Schankstube, durchquerten das Klubzimmer mit den Hirschgeweihen, machten nicht einmal vor der Küche halt und kamen sogar in die eisige Kälte zu einer verschlungenen Kehre um den verschneiten Rübenwagen. Von dort wieder hinein in die muffige Wärme. Auf dem Saal das Ganze stillgestanden. Der Vorstand der Schweinegilde trug einen stabilen Tisch in die Mitte; auf jede Seite stellten sie einen Stuhl. Danach begann das, was sie das Über-den-Tisch-Gehen nannten. Die Kapelle spielte: „Wer weiß, ob wir uns wiedersehn", und zu diesem flotten Marsch kletterten die Maskierten paarweise über den Tisch. Oben halt. Für fünf Herzschläge standen zwei Menschen allein über der wogenden Menge. Die Musik spielte einen Tusch, die Masken fielen, und die beiden hatten sich im Rampenlicht zu küssen. Es musste geküsst werden ohne Rücksicht darauf, ob ein hässliches Entlein oder ein stolzer Schwan unter der Maske auftauchte. Da gab die Schweinegilde kein Pardon; wer nicht küsste, durfte nicht vom Tisch.

Als Ella auf dem Tisch stand, blieb dem kleinen Bruder fast das Herz stehen. Seine Schwester musste sich hoch über der Tanzfläche vor allen Leuten küssen lassen! Ein Einheimischer war es, der Ella zum ersten Mal in ihrem kurzen Leben einen Kuss auf den Mund drückte. War das nicht das Milchgesicht, das bei Krämer Vagt Grütze und Mehl abwog? Ein kleiner Himpfling nur, aber Mädchen küssen, das konnte er schon.

Nach Mitternacht kam die wilde Zeit.

Melker Kassebohm zeigte, welche Kraft die gute Vollmilch gibt. Mit einem Handkantenschlag zertrümmerte er einen stabilen Tisch aus Friedenszeiten. Vor der Musik kampierte ein Glasfresser, der Biergläser mit den Zähnen zermalmte und runterschluckte, bis das Blut tropfte. Auf der Herrentoilette gab es eine Keilerei, bei der die Türfüllung auf den Saal krachte. Ein Gestank von Urin, vermischt mit Chlor, breitete sich aus, überlagerte die Schweiß- und Rauchschwaden im Saal. „Aber eins, aber eins, das bleibt bestehn, die Schweinegilde wird nie untergehn …“, grölten die Betrunkenen von der Theke gegen die Musik an. Das Dünnbier kleckerte auf die Dielen. Die Girlanden lagen in Fetzen. Der Kartoffelsalat ging zur Neige, die Frikadellen waren längst verdaut. Dorfpolizist Willers ruderte mit beschmutzter Montur durch die Menschenwogen, immer bedacht, nicht gerade da zu sein, wo es dicke Luft gab. Denn auf der Schweinemaskerade musste alles seinen natürlichen Lauf nehmen; da durfte sich der Arm des Gesetzes nicht dazwischenmengen. So tobten sie bis vier Uhr früh, als die Ersten zum Melken gehen mussten.

Lisas Vermächtnis

Weil die Stadt ins Grüne wucherte, immer mehr Wiesen, Äcker und Gehölz unter die Bagger und Raupenfahrzeuge gerieten, stießen sie endlich an Lisa Jensens Weidezaun. Dahinter grasten Osterlämmer mit ihren Muttertieren, spazierten braune Hühner zwischen blühenden Butterblumen und sonnte sich Lisas weiße Katze neben schwarzen Maulwurfshügeln.

Um über Jensens Hof zu reden, musst du wissen, dass er zu den betagten Anwesen in unserer Gegend gehört. Das Wohnhaus, reetgedeckt, steht wie eine Burg auf der Warft, die Fenster sehen alt aus wie das Jahrhundert, die Haustür hätte gut und gern vom Alten Fritzen sein können, und der letzte Kaiser, wäre er nur in diese Gegend gekommen, hätte auch in Lisas guter Stube Platz nehmen können. Im Garten sterben alte Obstbäume. In nassen Jahren kann es vorkommen, dass die Johannisbeersträucher unter Wasser geraten, Mäuse, Igel und Maulwürfe in Lisas gute Stube flüchten müssen.

„Nun sind wir an Lisas Weidezaun“, sagte der Baudezernent in der Ratssitzung. „Na, das wird ein schweres Stück Arbeit.“

Lisa war einiges jünger als die reetgedeckte Kate, aber doch schon über achtzig. Die Leute sagten, dass sie eine von gestern sei. Sie lebte allein auf Jensens Hof, die Tiere nicht gerechnet. Das umliegende Land hatte sie in Pacht gegeben, nur die Hauskoppel behalten für die Hühner, die Osterlämmer und die weiße Katze. Sie hatte genug damit zu tun, braune Eier einzusammeln, die ihre Hühner im Stall, in der Scheune, manchmal auch in den Brennnesseln verlegten.

Als die Stadt die Umgehungsstraße knapp hundertfünfzig Meter an Jensens Hof vorbei baute, wurde Lisa in ihrem 76. Lebensjahr schwerhörig und prozessierte mit dem Bauamt wegen einiger Arztrechnungen und etwas Schmerzensgeld. Die vom Bauamt sagten, die Schwerhörigkeit komme vom Alter, aber Lisa hatte die Umgehungsstraße im Verdacht. Sie ging danach nicht mehr in die Stadt. In der Kirche war sie zuletzt, als Grete Maaß tot blieb und die vielen Stürme an Norddeutschlands Küsten brausten. Der Pastor war auch immer schwerer zu verstehen, nur die Orgel hörte sie noch gut. Was Lisa zum Leben brauchte, ließ sie sich bringen von einem Krämer, der auch Jensen hieß, aber nicht verwandt war, denn in dieser Gegend kamen die Jensens so häufig vor wie die Schafböcke hinter dem Deich. Lisa schrieb ihm Briefe, in denen sie mitteilte, was an Butter, Zucker, Salz und Mehl nötig sei. Jeden Dienstag kam er mit einem roten Lieferwagen den Weg raufgebraust, hupte laut, sodass die Tauben davonflogen und die Hühner in die Brennnesseln flüchteten. Das meiste bezahlte Lisa mit braunen Eiern, die Jensen schockweise in Zahlung nahm, um sie in der Stadt als „frische Landeier" zu verkaufen.

Telefon hatte sie auf ihrem Hof nicht zugelassen.

Der Bautrupp von der Post hatte das Kabel schon bis zum Fliederbusch verlegt, als Lisa entschied: Da wird nichts draus. Sie hatte den Aberglauben, wenn ein

Mensch erst Telefon hat, kommen ihn auch bald die Räuber besuchen.

Elektrisches Licht war nach dem ersten Krieg auf den Hof gekommen, um die Häckselmaschine anzutreiben. Wasser sprudelte aus der Erde, und zwar reichlich; auch in heißesten Sommern litt das Vieh niemals Durst. Früher hatte Lisa das Wasser mit der Kraft ihrer Arme aus dem Brunnen gepumpt, jetzt besorgte das eine Windmühle. So hatte der Fortschritt auch seinen Einzug gehalten auf Jensens Hof, denn Wind gab es reichlich in dieser Gegend, so viel wie Schafböcke am Deich und Jensens in der Stadt.

Zu ihrem Sechzigsten hatten ihr gute Freunde einen Fernsehapparat geschenkt, der nur schwarz-weiße Bilder hergab. Der Kasten machte ihr viel Spaß, aber als er kaputtging – das geschah in dem Jahr, als Peter Frankenfeld das Zeitliche segnete –, ließ sie ihn nicht reparieren. Seitdem stand er in der guten Stube und glotzte sie traurig an.

„Also, das mit Lisa wird ein schweres Stück Arbeit", sagte der Baudezernent zu seinen Leuten. „Briefe schreiben hat überhaupt keinen Zweck, die beantwortet sie nicht, obwohl sie von Haus aus gut in Lesen und Schreiben ist. Es muss einer hin, der mit ihr zu reden versteht, so richtig von Mensch zu Mensch. Friedrichsen, du bist dran."

Bei schönem Wetter im Mai fuhr Friedrichsen, der eigentlich nur ein kleines Licht im Bauamt war, aber mit den Leuten zu reden verstand, zu Jensens Hof, und zwar mit dem Fahrrad, um guten Eindruck zu machen und das Gespräch nicht gleich wieder auf die Umgehungsstraße und die Schwerhörigkeit zu bringen. Er tat auch so, als komme er gerade auf einer Spazierfahrt vorbei und nicht in amtlicher Eigenschaft.

„Ich hab dich im Garten arbeiten sehen, Lisa, und wollte bloß mal guten Tag sagen. Ich bin Friedrichsen vom Bauamt."

Lisa sagte, dass sie nur einen Paulsen vom Bauamt kenne, aber der sei auch schon lange tot, der habe den Prozess nicht überlebt.

Der Besucher lehnte sein Fahrrad an den Zaun und fragte, ob es denn noch Spaß mache, so allein auf einem großen Hof zu leben.

„Einer muss doch die Stellung halten", antwortete Lisa und lachte.

Da fing Friedrichsen an, von seiner Mutter zu erzählen, die er vor einer Woche ins Heim Königsborn gebracht hatte. In diesem Königsborn bekommt jeder eine eigene Stube mit Farbfernseher. Tagsüber spielen die alten Leute Karten, stricken, häkeln oder spazieren durch die Tannenschonung zum Blocksberg hin und zurück. Auch ein Doktor ist im Haus für alle Fälle, an die sechs, sieben Krankenschwestern versorgen die, die schlecht zu Fuß sind. Jeden Sonntagmorgen halb zehn gibt es Gottesdienst live, abwechselnd evangelisch und katholisch, und Besuch kannst du haben jeden Tag vom Wecken bis zum Schlafengehen.

„An Königsborn habe ich auch schon gedacht", meinte Lisa. „Bloß meinen Schafbock werden sie da nicht mit einziehen lassen, und die Katze wohl auch nicht."

Friedrichsen kratzte sich den Kopf. „Man müsste mal nachfragen, ob es eine Stelle gibt, die auch Tiere aufnimmt. Vielleicht geht das in Seligenheim."

Friedrichsen sprach über die Beschwerlichkeit des Alters. Was kann da alles passieren? Auch wenn einer plötzlich krank wird und allein haust in so einer Kate weit ab von allem. Schließlich brachte er die unsicheren Zeiten ins Spiel, die vielen Räuber und Einbrecher. Na, du weißt schon. „Auf Dauer kannst du hier nicht bleiben, Lisa."

„Von Dauer kann keine Rede sein", antwortete sie. „Du weißt doch, Friedrichsen, wenn's hochkommt, sind's achtzig Jahre, und wenn es köstlich gewesen ist, so ist es Mühe und Arbeit gewesen."

Friedrichsen vom Bauamt hob die Stimme und wurde nun doch ein wenig amtlich, als er heftig am Gartenzaun rüttelte und erklärte, dass die Stadt aus allen Nähten platze. Von überall her strömten Menschen herein, es müsse gebaut werden noch und noch, um sie unterzubringen. Und da liege justament im zweiten Bauabschnitt der Jensen-Hof an der Umgehungsstraße, gut erschlossen, flacher Boden, eins a Bauland. Um es kurz zu machen: Die Stadt brauchte Lisas Hof, um Wohnhäuser zu bauen für die vielen Menschen.

Lisa wischte ihre Hände an der Schürze ab und lud Friedrichsen ein, mit ihr ins Haus zu kommen.

„Es wäre ja schon genug, wenn du uns die Hauskoppel gibst", redete Friedrichsen auf sie ein. „Die Kate kann meinetwegen stehen bleiben, aber ein angenehmes Leben kannst du darin nicht mehr führen neben fünfstöckigen Wohnhäusern, und mit deinen Hühnern und Katzen muss es auch ein Ende haben. Da wäre es schon besser, gleich nach Seligenheim zu ziehen."

Lisa bot ihm einen Stuhl an, schob einen Aschenbecher über den Tisch und fragte, ob er Durst oder

Hunger habe. Er machte es sich bequem, bewunderte Lisas Fernseher und wollte gerade eine Zigarette anstecken, als Lisa sagte: „Da wird nichts draus! Der Hof bleibt, wie er ist."

Sie ging zum Vertiko, zog eine Schublade heraus und wühlte in alten Papieren.

„Einer muss die Stellung halten", sprach sie leise und drückte dem Besucher ein Schriftstück in die Hand, einen maschinengeschriebenen Brief, bestimmt mehr als ein halbes Jahrhundert alt, oben und unten ein Stempel mit Hakenkreuz.

„Bei den schweren Abwehrkämpfen am Donezbogen ist Ihr Bruder, der Kanonier Rudolf Jensen, vermisst worden. Ich und alle seine Kameraden hoffen, dass er noch unter den Lebenden weilt. Ich werde mich melden, sobald ich Näheres über das Schicksal Ihres Bruders in Erfahrung gebracht habe.

Heil Hitler, Pfeiffer, Kompanieführer"

Friedrichsen las den Brief wieder und wieder.

„Ich muss für meinen Bruder die Stellung halten", hörte er Lisas Stimme.

„Mein Gott, das ist fünfundfünfzig Jahre her", sagte Friedrichsen.

„Ja, denk bloß mal", seufzte Lisa. „So lange her und noch immer vermisst. Dieser Pfeiffer wollte sich melden, sobald er Näheres in Erfahrung gebracht hat, aber bis heute ist keine Post gekommen."

„Wie alt ist dein Bruder?"

„Im nächsten September wird er achtundachtzig."

„Ein schönes Alter", meinte Friedrichsen. „Die meisten erleben das gar nicht."

Lisa faltete den Brief zusammen und trug ihn zurück in die Vertikoschublade.

„Für solche Fälle", fing Friedrichsen vom Bauamt an, „für solche schweren Fälle, wenn Menschen gar zu lange verschollen sind, hat das Gesetz die Todeserklärung vorgesehen. Da wird ein Anschlag ans Schwarze Brett geheftet und der Vermisste aufgefordert, sich innerhalb von sechs Monaten zu melden, andernfalls er für tot erklärt wird."

„Und wo hängt der Zettel?", fragte Lisa.

„Bei uns im Amtsgericht."

„Ihr seid wohl ganz und gar dösig", schimpfte sie. „Wie soll ein Mensch, der am Donezbogen vermisst gegangen ist, zum Schwarzen Brett in unsere graue Stadt am Meer kommen, um euren Anschlag zu lesen?"

„Die Stadt übernimmt auch die Kosten."

„Nein, das lass man", wehrte Lisa ab. „Ihr könnt viel für tot erklären, es ist ja doch nur Papier. Aber ich werde keine Nacht mehr ruhig schlafen, weil ich immer denken muss, wie mein Bruder eines Tages nach Hause kommt, unseren Hof besuchen will, aber nur fünfstöckige Wohnhäuser findet."

„Hat dein Bruder Kinder?"

„Hat er nicht, und ich hab auch keine."

„An wen soll der Hof fallen, wenn du einmal nicht mehr bist?"

„Das mag Gott wissen", sagte Lisa Jensen. „Aber solange ich lebe, gebe ich ihn nicht her. Einer muss die Stellung halten. Es kommen jetzt viele aus dem Osten, aus Mecklenburg und Brandenburg, Polen, Russland und von den Kirgisen. Wenn er noch lebt, wird er auch kommen."

Lisa hatte es sich schon vor Jahren ausrechnen lassen, dass es vom Donezbogen bis zur grauen Stadt am Meer bummelige dreieinhalbtausend Kilometer sind, gewiss kein Pappenstiel für einen Achtundachtzigjährigen.

„Aber wenn er lebt, wird er kommen, jetzt wird er kommen."

Friedrichsen erwähnte noch, dass die Stadt eine halbe Million für die Hauskoppel ausgeben könne und bis zu einer Million für den ganzen Hof.

„Da kannst du dir ein schönes Leben von machen und in der Welt herumreisen bis zum Donezbogen und wieder zurück."

Lisa lachte. „Mein Vater ist zehnfacher Millionär gewesen im schlimmen Jahr 1923. Und nichts davon ist geblieben. Nein, mit Millionen ist bei mir nichts zu machen, Friedrichsen. Wenn mein Bruder meint, er müsste das Geld haben, soll er das Land verkaufen, aber ich brauche keine Millionen!"

Als Friedrichsen schon an der Tür war, fiel ihm noch dieses ein: „Es gibt auch die Möglichkeit, dein Grundstück zu enteignen, Lisa. Wenn die Stadt ein Stück Land dringend braucht für öffentliche Zwecke, kann sie es sich nehmen. Als Entschädigung gibt es dann aber keine Millionen."

„Dringend für öffentliche Zwecke!", wunderte sich Lisa. „Was ist das für ein Schweinkram, Friedrichsen? Ich denk, Deutschland ist ein Land, in dem Recht und Gesetz gelten. Hast du nicht in der Schule gelernt, wie es dem Müller von Sanssouci ergangen ist?"

Wochen später kam wieder einer von der Stadtverwaltung, der hieß auch Jensen. Lisa wollte ihn schon vom Hof jagen, ließ ihn aber doch ums Haus wandern und sah, hinter der Gardine stehend, wie er an den Wänden kratzte, gegen die Eichenbalken klopfte und wunderliche Notizen auf einen Zettel schrieb. Danach kam er ins Haus, saß genau auf dem Stuhl, auf dem Friedrichsen gesessen hatte, und ließ sich Lisas alte Papiere zeigen. Als er las, dass die Bauernkate schon auf der Warft stand, als Wallenstein in dieser Gegend zu tun hatte, dass sie in der langen Zeit von keinem Sturm geworfen, von keinem Feuer eingeäschert worden war, dass weder Dänen, Preußen, Franzosen oder Engländer ihr etwas zuleide getan hatten, da nahm er einen Bogen weißen Papiers und schrieb in schöner, ruhiger Handschrift, dass er den Jensen-Hof unter Denkmalschutz stelle.

So kam es, dass die graue Stadt am Meer vor Lisas Weidezaun enden musste. Rudolf Jensen war bald neunzig Jahre alt und immer noch vermisst am Donezbogen.

Im Moor

Radek erwachte, weil der Zug auf freier Stecke hielt. Keine Lautsprecherstimme erklärte den unverhofften Halt, nebenan raschelte eine Zeitung, jemand telefonierte. Plötzlich sprangen die automatischen Türen auf. Warmer Wind wehte in die Abteile, ein Schmetterling verirrte sich in die Gepäckablage. Konnte es sein, dass eine Lerche sang?

Er sah, dass der Zug auf einem Damm stand, der sich zu einer Brücke aufschwang. Unten eine grüne Landschaft mit Wassergräben und Tümpeln, in der Ferne das helle Band eines Flusses oder Kanals, jedenfalls Wasser. Rinder brüllten den Bahndamm an.

Radek wusste nicht, wo er war. Er dachte zu träumen und schloss wieder die Augen. Bald wird der Schaffner den bestellten Kaffee bringen, fünf Mark kassieren und erklären, es sei mit einer Viertelstunde Verspätung zu rechnen. Ihm wäre es recht, wenn die Verspätung sich zu einer Ewigkeit auswüchse, denn gern hatte er diese Reise nicht angetreten. An ihrem Ziel erwartete er, mild gesagt, etwas Unangenehmes, sogar Schmerzhaftes. Das Kurkonzert, das spät am Nachmittag beginnen sollte, der Anblick einer im Meer untergehenden Sonne waren ihm wenig Trost. So weit würde es gar nicht kommen. Zuvor war das Gespräch mit diesem Keppler.

Nun doch eine Durchsage: Wegen einer Signalstörung kann der Zug nicht weiterfahren. Bitte nicht aussteigen!

Da der Kaffee nicht kam, ging Radek zur Tür. Warmer Wind empfing ihn, trieb allerlei Gerüche in den Wagen, auch die Pusteln verblühter Butterblumen und einen Duft von Flieder. Unsichtbar über dem Zug trillerte tatsächlich eine Lerche. Wann hatte er je Lerchen gehört?

Jemand rannte durch die Abteile, um sich zu beschweren. Er müsse um 16.10 Uhr in einem Büro in Westerland sein, und zwar dringend. Die Unpünktlichkeit der Bahn schreie zum Himmel, er werde einen wichtigen Termin verpassen. Es fiel das Wort Schadenersatz.

Radek hatte auch einen wichtigen Termin, und es wäre ihm recht, wenn eine höhere Gewalt dabei helfen könnte, ihn zu verpassen. Dieser Keppler verlebte seinen Urlaub am Meer, Radek hatte er vorgeladen zu einem ernsten Gespräch.

Du bist vierundvierzig Jahre alt und hast noch nie eine Lerche singen hören oder ein Moor aus der Nähe gesehen. Eine trostlose Weite dort unten, kein Haus, keine Straße, die Andeutung eines Trampelpfades, ein Jägerstand, mehr nicht. Verkrüppelte Birken markierten die höchsten Erhebungen.

Weil der Kaffee nicht kam – wenn die Signalanlage ausfällt, können die nicht mal Kaffee kochen –, sprang er nun doch auf den Schotter, ging ein paar Schritte, wie um sich die Beine zu vertreten, entdeckte Blumen, die er nicht kannte, und musste an den Spruch denken, der das Blumenpflücken während der Fahrt verbietet. Er spürte, wie die hinter den Fenstern ihm erstaunt nachblickten. Einer klopfte an die Scheibe und winkte. Es sei doch verboten auszusteigen, und das Blumenpflücken sowieso.

Die Welt dort unten hatte er bisher nur aus fahrenden Zügen, schnellen Autos und von Fensterplätzen hoch fliegender Maschinen wahrgenommen. Nun war er ihr nahe, er roch, fühlte und hörte das Moor. Am liebsten hätte er sich ins Gras gesetzt, aber das würde seiner Hose nicht bekommen und müsste auf Keppler einen verheerenden Eindruck machen. Noch behielt er die Tür im Auge, um mühelos aufspringen zu können, wenn der Zug anrucken sollte, aber im Grunde wartete er auf den Kaffee oder darauf, dass der Zug sich ohne ihn davonmachte und er seinen Termin verpasste.

Ein Gegenzug donnerte vorüber, zerriss die Stille. Der Fahrtwind wehte ihn fast um. Erst als die Schlusslichter in der Tiefe des grünen Landes verschwunden waren, konnte Radek wieder Lerchen hören. Bummelnd erreichte er den letzten Wagen, sah den silbergrauen Zug in seiner ganzen Länge auf dem Damm: So sehen Spielzeugeisenbahnen aus, die um Tannenbäume kreisen.

Als der Zug anruckte, hätte er aufspringen können, auch eine zweite Tür, die langsam vorüberrollte, wäre noch erreichbar gewesen. Aber er stand wie unbeteiligt, sah die erstaunten Gesichter hinter dem Glas, zupfte gedankenlos an einem Grashalm und begriff erst, als der Wind an seinen Haaren riss und der Lärm der rollenden Räder zu schmerzen begann, dass er allein geblieben war. Rücklichter, eine winkende Hand, das schon sehr, sehr fern. Der Zug rollte polternd über die Brücke, dann stürzte er ins Flachland und verschwand. Eine Lautsprecherstimme versprach, die verlorene Zeit aufzuholen, im Speisewagen werde jetzt Kuchen serviert. Der Kaffee kam, und Radek war nicht da, er hatte den Schaffner um fünf Mark geprellt. Sein Sommermantel hing an der Garderobe, weiter nichts. Die Brieftasche trug er bei sich, auch die Fahrkarte. Die Armbanduhr zeigte 14.15 Uhr. Gegen 16.00 Uhr Ankunft auf der Insel, danach Kurkonzert am Meer und Abendessen, aber vorher dieses Gespräch mit Keppler. Im Grunde war er froh, den Zug verpasst zu haben.

Radek hockte sich auf die Schienen. Nein, er fühlte sich nicht wie ein ausgesetzter Schiffbrüchiger auf einer einsamen Insel, sondern wie befreit von einer schweren Last. Was ihn umgab, stellte keine Ansprüche, weder das hohe Gras, das der Wind, der beständig den Damm anwehte, in die Knie gezwungen hatte, noch die Gerüche, die aus der Tiefe aufstiegen. Niemand wollte etwas von ihm. Der Wind war es auch, der die Drähte der Signalanlage zum Summen brachte. Er trug einen Geruch herüber wie von Brackwasser und toten Fischen, trieb die Segler den Kanal herauf, auch ein Containerschiff, dessen Lademasten auf die Eisenbahnbrücke zuglitten, um sie zum Einsturz zu bringen. Das Eisen, auf dem er saß, kam ihm warm vor, es schien zu leben. Ein Zittern von davonfahrenden und kommenden Zügen lief durch die metallenen Adern. Diese Freiheit. Eine Tür hatte sich geöffnet, und er konnte gehen, wohin er wollte. Auf dem Bahndamm weiter nach Norden oder zurück in den Süden oder über die Kuhwiesen zu jenem fernen Kirchturm oder eintauchen ins tiefe Moor. Selbstmörder gingen gern ins Moor. Nein, so weit war er noch nicht.

Die ersten Schritte rutschte er mehr, als dass er lief. Ein Stein löste sich und rollte ihm voraus. Er trat in Löcher, die die Kaninchen in den Damm gewühlt hatten, ein Reh flüchtete aus seiner Deckung. Unten erreichte er einen Feldweg, der neben dem Bahndamm lief und Trampelpfade ins Moor aussandte. Hier war lange keiner mehr gegangen. Radek entdeckte den Abdruck eines Pferdehufs, randvoll mit Wasser.

Unten angekommen, löste er die Krawatte und steckte sie in die Hosentasche, krempelte die Hemdsärmel auf, warf die Jacke über die Schulter und entdeckte Kletten an den Hosenbeinen. Die Schuhe sahen verdreckt aus. Er verspürte Lust, sie und die Strümpfe auszuziehen, denn noch nie in seinem Leben war er barfuß gelaufen.

Keine zehn Minuten im Moor, und du fühlst dich wie ein anderer Mensch. Wer aus Gefängnissen ausbricht, sollte ins Moor fliehen, hier findet ihn keiner. Radek hing für ein Weilchen dem Gedanken nach, die Welt der Intercityzüge, der Telefone und Bildschirme, des Small Talks bei trockenem Sherry, der Vorträge und Fernsehshows, der schreienden Demonstrationen und plärrenden Radiogeräte sei das eigentliche Gefängnis, während hier unten im wispernden Wind, der mit den Gräsern spielte, die große Freiheit herrschte.

Neben dem Feldweg die Ruine eines Hauses. Ohne Dach, zwei Wände, die sich anstarrten, darin Fensterhöhlen ohne Glas. Der Fußboden aus roten Ziegeln, stark geneigt. Ein Moor lässt keine Waagerechte zu, es hebt und senkt sich. Hier blieben einmal Wanduhren stehen, hingen Bilder schief, auf dem Küchentisch schwappte die Suppe über.

Wer mochte hier gelebt haben?

Vor der Ruine eine zusammengebrochene Bank, auf der, das mag ein Menschenleben her sein, der Moorkätner gesessen hatte, um seine Feierabendpfeife zu rauchen; vor der Kate spielten die Kinder. Die aus dem Moor hatten viele Kinder. Der Kinder wegen waren sie ins Moor gekommen, denn hier gab es die letzten Flecken Erde, die den Kinderreichen noch blieben, um ihre Nahrung zu suchen. Die Moorkolonisten waren Leute aus dem Arbeiterstande, die kein Vermögen besaßen, auf die Kraft ihrer Arme vertrauten und auf die vielen Kinder, die die Kühe hüteten und den Backtorf setzten. Mit den Kindern kam Leben in die Einsamkeit der Torfstecher und Entenjäger; ab und zu ertrank eines im braunen Wasser, vom Moorweib in die Tiefe gezogen. Die Moorchronik berichtet von einer Familie, der in zwei Stunden drei Kinder an Diphterie starben. Gelobt sei Gott in der Höhe! stand über der Eintragung.

Im Unkraut hinter der Ruine rostete ein Pflug, lange nicht benutzt.

Wieder polterte ein silberner Zug über die Brücke. Wenn er hinaufginge, dem Lokführer zuwinkte, würde dieser auf freier Strecke halten und ihn einsteigen lassen. Er könnte seinen Kaffee trinken und dem Schaffner sagen, es täte ihm leid: Ich hatte mich verlaufen.

Radek kam es vor, als seien Schiffe in der Nähe. Unter der Brücke sah er Segelboote auf dem Wege zur Ostsee oder Nordsee; ihre Masten überragten Heckenrosenbüsche.

Mitten im Moor eine Wiese, groß wie ein Fußballfeld, urbar gemacht vor langer Zeit. Kühe liefen ihm nach, stießen warmen Dunst aus den Mäulern und glotzten über den Elektrozaun. Blühende Butterblumen. Vor vierzig Jahren hatte jemand aus Butterblumen einen

Kranz geflochten und auf seinen Kopf gesetzt. Die weiße Butterblumenmilch gab graue Flecken, eine harte Bürste musste die Kinderstirn sauber rubbeln, das war seine erste und letzte Begegnung mit Butterblumen gewesen.

Die Armbanduhr zeigte 14.55 Uhr. Er band sie ab und ließ sie in der Hosentasche verschwinden. In einer Dreiviertelstunde würde der Zug in Westerland eintreffen, in einer Stunde die Gegenüberstellung, Rede und Widerrede. Ich habe nichts zu verbergen, meine Herren. Danach Kurkonzert und Abendessen. Er zweifelte, ob es ihm schmecken würde. Sie werden sich irgendetwas Verrücktes ausdenken, um ihm den Appetit zu verderben.

Das Moor bewegte sich nicht, es lag stumm und unbeteiligt vor ihm. Ein Grün ohne Ende, hineingetupft die gelben Kleckse des Hahnenfußes, Lichtnelken und zitterndes Wiesenschaumkraut. Wo das Moor in Geestland überging, sah er das schmerzhafte Licht eines blühenden Rapsfeldes. Am Horizont, wo der Wind geboren wurde, grüßten Türme und Schornsteine. Unsichtbar das Meer, dessen Geruch der Wind mitbrachte. Wenn er geradeaus ginge, der Sonne folgend, müsste er ins Meer fallen.

Stattdessen folgte er dem Feldweg, traf auf weitere Ruinen und gelangte zu einem Haus, das leidlich erhalten, aber anscheinend unbewohnt im Moor lag und darauf wartete, auch zur Ruine zu werden. Tief hing das Reetdach über kleinen Fenstern. Das Stallgebäude schon zusammengebrochen, der Hund, der von seiner Hütte aus das Anwesen bewacht hatte, längst gestorben. In einem verwilderten Garten blühten Apfelbäume.

So sieht es aus, wenn die Zeit rückwärts läuft, dachte Radek. Hier entfernte sie sich von rasenden Eisenbahnen, majestätischen Dampfschiffen und summenden Telefondrähten, sie versank in jenem Jahrhundert, als die Veteranen der Dänenkriege ihre Moorparzellen erhielten und in die Hände spuckten.

Als er näher trat, flogen Tauben aus der Dachluke. Sie umkreisten das verlassene Anwesen und verschwanden in Richtung Bahndamm, wo wieder ein Zug über die Brücke polterte. Radek hörte einen Hahn krähen.

„Grete!“, rief eine alte Stimme. Dazu schlug eine Krücke auf harten Steinfußboden, dann gegen den Holzbalken der Eingangstür. Auf der Schwelle erschien ein alter Mann.

„Ich dachte, du bist Grete.“ Der Alte musterte den Besucher streng. „Bist du weggelaufen?“

„Hier findet dich keiner“, brummte der Alte. „Die auf der Geest wissen nicht mal, dass der alte Struve noch lebt.“

Er klopfte die Pfeife am Türbalken aus, zog einen Tabaksbeutel aus der Tasche, stopfte neu, ohne den Besucher aus den Augen zu verlieren.

„Leben Sie hier allein?“, fragte Radek.

„Ich bin der Letzte im Moor. Einmal die Woche kommt Grete, fegt die Stube aus und wäscht meine Sachen. Das ist genug.“

„Haben Sie keinen Hund?“

„Ja, früher, als ich auf Jagd ging, musste ein Hund im Haus sein, aber jetzt brauch ich keinen mehr. Das Moor ist friedlich, hier kommt keiner, nicht mal ein Einbrecher. Du brauchst die Türen nicht abzuschließen, und die Fenster mach ich abends nur wegen der Eisenbahn zu."

Sie blickten beide zum Bahndamm.

„Unter uns gesagt, die rasen viel zu schnell, die haben schon Kühe totgefahren und manchmal auch Menschen. Aber weil meine Ohren nicht mehr gut sind, stört es wenig."

„Was ist, wenn Sie mal krank werden?", fragte Radek.

„Dann kommt Grete und bringt mir Tee. Und wenn ich sterbe, wird Grete mich finden und dem Pastor Bescheid geben. Der wird es so erledigen, wie es sich gehört."

Der alte Struve machte eine einladende Handbewegung und ging vor ihm ins Haus.

„Kannst dich bei mir ausruhen", sagte er. Er zeigte auf ein Plüschsofa, das in der dunkelsten Ecke der Stube stand und so aussah, als hätte es die Dänenkriege überlebt.

Der Zug traf gerade in Westerland ein, das Essen sollte serviert werden, und Radek trieb sich im Moor herum.

„Gehörst du zu den feinen Leuten?", fragte der Alte und prüfte seinen Jackenärmel. „Deine eleganten Stiefel hast du ziemlich eingedreckt."

Ein sonderbarer Geruch strömte durchs Haus, wie erkalteter Rauch, wie faulendes Wasser. Der Alte trat an den Küchenherd, öffnete die Ofentür und schob zwei Torfstücke in die Glut.

„Sieh dir dieses Feuer an!", rief er. „Das brennt schon hundert Jahre. Denk bloß mal, hundert Jahre! Meine Mutter hat es angesteckt, als sie jung war, und sie hat immer nachgelegt. Als sie sterben wollte, sagte sie: Hinnerk, lass das Feuer nie ausgehen."

Struve nahm ein Schlachtermesser, öffnete die Tür zu einer Kammer und sagte, er werde ein Stück Rauchwurst abschneiden, um den Besucher anständig zu bewirten. In der Räucherkammer fand Radek die Quelle des sonderbaren Geruchs.

„Das soll wohl langen für mein Leben!", rief Struve stolz und zeigte auf die an einer Stange baumelnden Würste und Schinken. Er säbelte ein daumenbreites Stück Mettwurst ab und erklärte, wie das Räuchern geht.

„Flammen darfst keine machen, nur Qualm. Einen Sack Sägespäne für jede Partie, am besten aus Buchenholz oder Erle. Wenn die Räucherei richtig im Gange ist, qualmt es aus allen Ritzen und macht nicht nur die Wurst haltbar, es ist auch gut fürs Haus. Wo geräuchert wird, lässt sich kein Schwamm und Hausbock nieder."

Auch Aale hatte Struve früher geräuchert. Die kamen vom Meer und verirrten sich im Moorkanal. In einem strengen Winter, als er Kind war, brach im Februar in warmer Regenluft das Eis, und Hunderte von Aalen kamen zum Vorschein. Die Moorkätner konnten sie mit Kohlenschaufeln in Eimer schippen und in ihre Räucherkammern tragen. Und jeder bekam genug.

„Heute hab ich keinen mehr, der mir Aale fängt, auch sind die Winter nicht so, dass im frühen Februar das Eis bricht, meist gibt es gar kein Eis."

Mit einem Becher Johannisbeersaft und einem Stück Mettwurst auf grauem Brot bewirtete Struve seinen Besuch.

„Selbst gebacken?", fragte Radek und tippte auf das Brot.

„Als meine Else noch lebte, hat sie gut gebacken. Sie liegt aber schon zwanzig Jahre auf dem Geestkirchhof, wo es trocken ist und nicht so moorig. Seitdem bringt Grete mir Brot."

Radek aß und dachte an das Kaminzimmer in Westerland. Wo bleibt Radek?!, wird Keppler schreien.

„Erzähl von dir", forderte ihn der alte Struve auf. „Ich taxiere mal: Du bist ein Stadtmensch."

Radek nickte und fragte sich, was es da viel zu erzählen gäbe. Dass auf seinem Schreibtisch zwei Telefone und ein Computer standen. Dass er häufig nach London flog und gerade ein neues Auto – das siebte übrigens – bestellt hatte. Dass in seiner Wohnung zwei Fernsehapparate flimmerten. Er noch nie einen Nagel in die Wand geschlagen hatte und seine ganze Arbeit darin bestand, mit Geld zu handeln.

„Bist du verheiratet?", fragte Struve.

Radek nickte.

„Na, das ist schon mal ordentlich. Warum hast du deine Frau nicht mitgebracht? Die möchte auch mal so ein Moor kennenlernen. Oder muss sie auf die Kinder aufpassen?"

„Wir haben keine Kinder."

„Das ist nicht ordentlich", stellte Struve fest.

Radek holte seine Armbanduhr aus der Hosentasche. Um diese Zeit saß Sabine vor einem der beiden Fernseher und wartete auf seinen Anruf. In Westerland ist er noch nicht eingetroffen, wird Kepplers Sekretärin sagen, wenn Sabine besorgt nachfragt.

„Hast du auch etwas Eigenes?", wollte Struve wissen.

Radek fing an, von seinen Autos und einigen nicht

billigen Gemälden zu sprechen, aber Struve unterbrach ihn: „Ich mein, eigenen Grund."

Radek dachte an seine Stadtwohnung im ersten Stock eines hohen Hauses und an die blühenden Sträucher auf der Terrasse.

„Sieh man zu, dass du was Eigenes bekommst", sagte Struve. „Jeder Mensch braucht etwas, wo er graben, säen, pflanzen und ernten kann, und wenn es ein Stück Moor ist. So ganz eigen ist mir dies Haus immer noch nicht. Der Landrat hat meinem Vater die Moorparzelle für neunundneunzig Jahre in Erbpacht gegeben. Aber für mein Leben wird das wohl reichen, es sind noch neun Jahre übrig."

Er erzählte, wie seine Eltern ins Moor gekommen waren, lange vor dem ersten Krieg. Die Mutter ging schon mit dem zweiten Kind, und Vater sagte: Als Tagelöhner kann ich euch nicht ernähren, wir müssen ins Moor. Der erste Sommer – das muss im Jahr vier zur Kaiserzeit gewesen sein – war recht was trocken, und sie dachten schon: Ach, das ist ein schönes Leben im Moor. Aber dann kamen Fluten und Stürme, die die Wasserschöpfmühlen umwehten. Im Frühling, wenn der Schnee taute, wurde das Moor ein See bis zum Elbdeich hin, man konnte nicht die Haustür öffnen. Wer draußen zu tun hatte, schöpfte sich die Schuhe voll.

Sie rangen dem Moor ein Stück Erde ab, bauten mit eigenen Händen das Haus, deckten es mit Reet, das reichlich vorkam in dieser Gegend, weideten Kühe und pflanzten Kartoffeln, die berühmten Moorkartoffeln, eine Delikatesse für die feinen Häuser von Hamburg und Berlin. Endlich besaßen sie etwas Eigenes, wenn auch auf schwankendem Boden.

Die ersten Jahre lebte sein Vater vom Torfstechen, bis er so viel Moorland urbar gemacht hatte, dass er Bauer spielen konnte.

„Weißt du, wie Torfstechen geht? Du musst dir das Moor als braunen, matschigen Schokoladenkuchen vorstellen. Da schneidest du mit einem Spaten oder mit der Säge die Tortenstücke raus, schichtest die braunen Bricken zum Trocknen auf. In meiner Kinderzeit standen kilometerlange Reihen Torfsoden am Weg. Im Winter, wenn die Wege fest und gefroren waren, fuhren sie den Torf nach Hause. Am ersten Mai rückten die Torfarbeiter ins Moor, und im September zogen sie wieder ab. Wenn du Hinnerk Struve fragst: Sie haben in all den Jahren viel zu viel abgegraben. Das Moor senkte sich, und auf einmal hatten wir vor unserer Haustür die tiefste Stelle im deutschen Vaterland, zwei Meter unterm Meeresspiegel, die einzige Sehenswürdigkeit in dieser Gegend. Sie mussten zwei Mooraufseher einstellen, die aufpassten, dass unser Moor nicht tiefer als zwei Fuß über Wasserpegel abgegraben wurde. Als ich junger Mann war, hörte das Torfgraben ganz auf, es blühten nur die Butterblumen."

Ob Keppler ihm kündigen wird? Der macht Urlaub auf der Insel und nimmt sich die Zeit, mit Radek zu sprechen. Aber Radek kommt nicht.

Der Zug hatte Verspätung, könnte er sich entschuldigen.

Ja, eine Viertelstunde, aber wo sind die vier Stunden geblieben?, wird Keppler fragen.

„Im letzten Krieg fing die Torfstecherei wieder an, weil es mit Briketts knapp wurde", erzählte Struve. „Sie schickten russische Kriegsgefangene und polnische Zivilarbeiter ins Moor, die ihre Nächte in dem vergitterten Saal unserer Gastwirtschaft verbrachten und ihre Tage in den braunen, wässrigen Gräben. Zwei Wachsoldaten waren bei ihnen, trotzdem sind drei Gefangene weggelaufen. Aber es soll ihnen nicht gut bekommen sein. Zwei sind untergegangen, einen haben sie erschossen."

Jetzt wird Keppler Sabine anrufen. Natürlich nicht er, sondern seine Sekretärin. Wo bleibt Ihr Mann, Frau Radek? Und Sabine wird sich Sorgen machen.

Der alte Struve trat mit ihm vor die Tür, um zu zeigen, was ihm gehörte. Mit der Krücke klopfte er aufs herabhängende Reetdach.

„Fünfzig Jahre alt und hält immer noch", sagte er. „Die Moorkaten mit Reet zu decken war übrigens kein guter Einfall. Blitze fahren gern in Reetdächer. Bei uns im Moor brannte es häufiger als anderswo."

Die Krücke zeigte zu einer Wiese, die Struve mit eigenen Händen dem Moor abgerungen hatte. Die Birken am Wege habe er selbst gepflanzt vor halben hundert Jahren; nun wehe jeder Herbststurm eine um. So sei eben das Alter.

„Birken taugen nicht fürs Moor, aber sie sind schön anzusehen wie junge Mädchen."

Ein Zug rasselte über die Hochbrücke Richtung Westerland.

„Es ist ja nicht so, dass wir Moorleute hinterm Mond leben!", rief der Alte und lachte. „Auf dem Kanal kommen die Ozeandampfer zu Besuch, über den Damm fährt die große Welt spazieren. Es ist viel vorgekommen in unserer Gegend. Zu Kaisers Zeiten hat es sogar ein Erdbeben im Moor gegeben, in St. Margarethen fielen die Tassen aus dem Schrank, und in unserem Kuhstall schwappte die Milch über. Meine Mutter erzählte gern, wie der Kaiser zu Besuch gekommen ist, um dem Kanal seinen Namen zu geben. Die Moorkinder warteten am Weg, die Mädchen in langen Röcken, Schleifen im Haar, die Zöpfe geflochten, in den Händen kleine Blumensträuße. Majestät brauste in einer Kutsche vorüber. Die Männer zogen ihre Mützen, die Frauen verneigten sich, der Kaiser winkte. Die Mädchen nahmen ihre Blumensträuße mit nach Hause, stellten sie in eine Vase und hielten sie in Ehren, denn sie hatten den Kaiser gesehen. Eine Militärkapelle spielte, schwarzer Rauch aus dem Schornstein eines Kanonenbootes wehte übers Moor, Geschütze donnerten Salut, schreckten Wildenten auf und Fischreiher. So war das mit dem Kaiser. Die allergrößte Aufregung brachte aber die Eisenbahn. Erst schütteten sie den Damm, dann bauten sie die Brücke. Damit das geschehen konnte, musste wieder ein Krieg ausbrechen. Russische Gefangene der Masurenschlacht richteten ihr Lager am Geesthang ein und zogen in Kolonne Tag für Tag zur Arbeit an den Damm, schoben Loren hinauf und trugen Steine hinunter. Auf dem Heimweg sangen sie. Noch heute findest du auf unserem Geestfriedhof Russengräber. Die sind nicht im Moor ertrunken oder auf der Flucht erschossen worden; sie starben an gewöhnlichen Krankheiten, an Fieber oder Heimweh."

Radek setzte sich auf eine Bank unter einem blühenden Holunderbusch. Es kam ihm vor, als sei er schon immer hier gewesen, als wäre das Moor sein Zuhause.

„Als die Brücke fertig war, gab es wieder eine Feier. Die Kinder bekamen schulfrei, standen am Damm und begrüßten die mit Eichenlaub bekränzte Lokomotive, die aus dem Flachland emporgekrochen kam und zum ersten Mal über die Brücke kletterte. Seit jener Zeit sind unzählige Züge gekommen und gegangen, mit der Ruhe im Moor war es dahin. Wir im Moor kennen unsere Züge und ihre Uhrzeiten. Besonders laut werden sie, wenn Nebelschwaden über dem Moor hängen, die Nebelhörner der im Kanal liegenden Schiffe tuten und die Kühe auf den Moorwiesen brüllen."

In Westerland flanierten sie jetzt auf der Kurpromenade und sahen dem Meer zu.

Ein Schwarm Kiebitze fiel mit aufgeregtem Gekreische hinter der Kate ein, Möwen trieben vor dem Wind landeinwärts, Wildenten wasserten in einem moorigen Tümpel.

„Kannst bei mir schlafen, wenn du willst", sagte Struve. „Abends kommt Grete und bringt frisches Brot. Mit dem Fahrrad kommt sie, wenn sie kommt, und fährt wieder nach Hause, bevor es dunkel wird. Grete ist noch zu jung für das Moor, die wird erst im nächsten Herbst fünfundsechzig."

„Haben Sie keine Angst, Nacht für Nacht allein im Moor zu leben?", fragte Radek.

„Da möchte ich doch mal fragen, junger Mann, warum du keine Angst hast vor den dunklen Nächten in der Stadt. Was dem Menschen heutzutage Angst einjagt, kommt aus der Stadt; die Wälder, Wiesen und Moore kennen keine Angst."

Der alte Struve blickte den Weg entlang und wartete auf Grete.

„Solange Grete kommt, geht es mir gut."

Und sterben wollte er auch im Moor, das hatte er schon vor langer Zeit entschieden.

„Zwölf Höfe hat es einmal gegeben. Wer leben wollte, siedelte im Moor. Aber heute zieht es die Menschen in die Stadt, ein Moor besuchen sie nur bei gutem Wetter. Die meisten der zwölf Katen wurden vom Blitz eingeäschert, sie sind bald nicht mehr zu sehen. Meine ist die letzte. Im dritten Haus wurde meine Frau geboren. Na, die Kate ist auch schon lange hinüber. Siehst du die blühenden Obstbäume? Da lag ihr Hof. Bäume sind treuer als Menschen, sie werden noch blühen, wenn niemand mehr im Moor lebt."

Er sollte Sabine anrufen und ihr sagen, dass er sich auf einer Zeitreise befinde und in ein anderes Leben gefallen sei.

„Unsere Schule lag zwei Kilometer Luftlinie entfernt am Geesthang. Wir Moorkinder gingen am liebsten im Pulk zur Schule, sangen und lernten unterwegs, und wintertags, wenn es früh dunkelte, sahen wir die Moorfrauen auf dem Eis tanzen. Weil die Höfe so verstreut lagen, kam nur selten einer auf Nachbarschaft, um über die Arbeit und die Witterung zu reden. An den Abenden blieb jeder für sich."

Es soll Blumengärten im Moor gegeben haben. Radek sah Stockrosen vor Fensterbänken. Rhododendron wucherte in der sauren Moorerde. An Novemberabenden saßen sie unter blakenden Petroleumlampen und übten das Schweigen.

„Elektrisches Licht hat es im Moor nie gegeben, brauchten wir auch nicht. Aber eine Fernsprechstelle wurde schon früh in unserer Gastwirtschaft eingerichtet, das war im Jahr eins, als der Kaiser Geburtstag hatte."

Die Sonne fiel hinter das Reetdach, der Wind schlief ein wie immer, wenn der Tag sich neigte.

„Sie mussten einen neuen Krieg anfangen, um den Moorkanal so zu erweitern, dass er mit Schleppkähnen befahren werden konnte. Wieder besorgten das russische Kriegsgefangene, die nach der Kesselschlacht von Smolensk übrig geblieben waren. Der zweite Krieg brachte dem Moor eine laute Zeit. Flugzeuge rasten im Tiefflug übers Schilfrohr, am Geesthang stand eine Flakbatterie und feuerte in die Bomberpulks, die nach Hamburg flogen. Ein paar Bomben, die die Hochbrücke und den Bahndamm treffen sollten, fielen ins Moor und vergaßen zu explodieren. Auch ein Flugzeug stürzte in den Sumpf und versank innerhalb einer Stunde. Ja, da unten liegen noch ein paar Engländer und warten darauf, ordentlich begraben zu werden. Noch schlimmer wurde es nach dem Krieg. Da donnerten die Düsenjäger von Jagel übers Moor, einmal Helgoland und zurück. Bei ihrem Krach verkalbten die Kühe, und Vögel fielen tot von den Dächern."

Endlich kam Grete den Birkenweg entlanggeradelt.

„In dem Jahr, als ich zur Welt kam, soll das erste Fahrrad im Moor erschienen sein", erklärte Struve. „Aber es ging nicht lange gut damit. Der stolze Radler trank einen über den Durst und landete im schönsten Maienmondenschein im Moorkanal. Er selbst konnte sich man knapp retten, aber sein Fahrrad ward nicht mehr gesehen."

Grete stellte ihr Rad an den Holunderbusch.

„Du hast ja Besuch, Hinnerk“, wunderte sie sich.

„Der feine Herr wollte sich mal ein Moor ansehen.“

„Ist er verrückt?“, fragte Grete.

„Nee, nee, er hat sich nur verlaufen.“

„Ich werde euch ein gutes Abendbrot machen“, schlug sie vor.

„Bitte nicht“, sagte Radek. „Ich muss gehen, irgendwohin, bevor es dunkel wird. Man erwartet mich.“

„Wenn du wieder mal aus dem Zug fallen willst, versuch es auf der anderen Seite“, schlug Hinnerk Struve vor. „Hinter dem Bahndamm gibt es ein Dorf mit richtiger Gastwirtschaft, die hat sogar Fremdenzimmer, Telefon und Fernseher.“

In diesem Augenblick gab Radeks Handy Laut. Er war so verdutzt, dass er lange suchen musste, um das Gerät zu finden.

„Wo bleibst du?“, fragte eine Frauenstimme.

„Ich habe mich im Moor verirrt.“

„Keppler ist außer sich, und Dr. Martens will heute noch das Milanoprojekt mit dir besprechen.“

„Ich nehme den nächsten Zug“, stammelte Radek.

Grete und der Alte starrten das sonderbare Gerät an.

„Sag bloß, du hast mit dem lieben Gott telefoniert“, brummte Hinnerk Struve.

„Ich muss gehen, ich habe es eilig.“

„Am besten, du nimmst den Fußweg durchs Moor, dann bist du in einer Stunde am Fähranleger“, schlug der Alte vor.

Radek schüttelte jedem die Hand, bevor er sich auf den Weg machte. Das Schilf schlug über ihm zusammen. Er schreckte Enten auf. Über seinem Kopf hingen

Mückenschwärme; als er ihnen davonlief, verfolgten ihn die Mücken. Die Aufbauten eines Containerschiffes zeigten ihm, dass er sich dem Kanal näherte. Er hatte es eilig, aus dem Sumpf herauszukommen. Diese Furcht vor dem Sonnenuntergang. Wenn erst die Düsternis ins Schilf fiele, wäre er verloren. Ihn ergriff eine Sehnsucht nach hell erleuchteten Räumen, nach der Nähe vieler Menschen, nach weiß gedeckten Tischen und Klaviermusik im Hintergrund. Ein Stehempfang mit Champagner. Anschließend zum Kurkonzert auf die Promenade. Hinter den Musikanten versinkt die Sonne im Meer.

Wieder rasselte einer jener Züge über die Hochbrücke, von denen er nicht wusste, ob es Silberpfeile waren oder Güterzüge oder ganz gewöhnliche Züge der alten Art. Mit ihnen kroch eine Lichterkette über den Damm, oder war es das letzte Sonnenlicht, das sich in den Scheiben spiegelte?

Am Kanalufer lag die Fähre, als hätte sie auf ihn gewartet. Der Mann, der den Schlagbaum bewegte, schaute verwundert zu, wie Radek die Kletten aus der Kleidung sammelte, das Wasser aus den Schuhen goss, die Strümpfe wrang, die Füße mit einem Papiertaschentuch abwischte und sich schließlich die Krawatte umband.

„Kann man hier ein Taxi rufen?“, fragte Radek den Fährmann.

Der zeigte zu dem Lokal auf der anderen Seite des Wassers.

Das Kurorchester spielte um diese Zeit „Dorfschwalben aus Österreich“.

Tennis auf dem Dorf

Ich war dabei, ich weiß alles. Beim ersten Spatenstich saß ich auf dem Wall und sah zu, wie sie Zingelmanns Sandkuhle, in der früher nur blaue Lupinen blühten, planierten. Sie warfen Brombeerranken und alte Baumwurzeln auf einen Haufen und brannten ein Osterfeuer ab, das bis St. Margarethen qualmte. Danach kamen die Maschinen.

„Wenn du alles weißt, Hannes, schreib es auf für die Chronik von Poggendiek", sagte Emil Möller, unser Bürgermeister.

Aber ich kann nicht gut schreiben. Erzählen geht besser. Darum will ich berichten, wie es zugegangen ist, dass aus Zingelmanns Sandkuhle, in der, solange Menschen in Poggendiek denken können, nur Karnickel hausten und Füchse sich gute Nacht sagten, zwei Tennisplätze geworden sind. Am Tag nach Ostern brachte ein Lastwagen Schotter und rote Erde in die planierte Sandkuhle. Der Vorarbeiter lag mit der Wasserwaage auf den Knien, weil es beim Tennis kein Gefälle geben darf, das verlangt die Dienstvorschrift. Keiner will bergauf spielen, bergab dürfen die Bälle auch nicht kullern. Ich dachte mir gleich, dass ein bisschen schief nicht schaden könnte, weil es in unserer Gegend reichlich regnet. Aber nein, die Maße müssen stimmen, damit fängt beim Tennis alles an, sagte Gilbert, der Vorsitzende unseres TeEsVau. Nun sitzen sie da mit ihren genauen Maßen und können nicht spielen, weil an Regentagen das Wasser handbreit auf dem Platz steht.

„Was wollt ihr mit Tennis in Poggendiek?“, fragte ich Gilbert, als sie anfingen. „Tennis ist Sport fürs Fernsehen und die feinen Leute, aber nicht für unsere Sandkuhle.“

„Davon verstehst du nichts, Hannes“, meinte er. „Auch auf dem Dorf müssen wir mit der Zeit gehen. Nicht bloß immer Rüben hacken und Kühe melken, Vogelschießen und Erntefest, auch Tennis gehört zum gesunden Leben auf dem Lande. Wenn wir der Jugend nichts bieten, läuft sie uns in die Städte.“

Auch der Gemeinderat stimmte für Tennis. Wegen des Freizeitwertes von Poggendiek. Damit war es bisher nicht gut bestellt. Seit zwei Jahren suchen wir einen Landdoktor für die Stelle, auf der der alte Sanitätsrat bis zu seinem 79. Lebensjahr rumkuriert hat. Aber keiner will kommen, weil wir zu tief in der Provinz drinstecken.

„Mit Tennis bekommen wir einen jungen Doktor“, sagte Emil Möller zu seinen Leuten im Gemeinderat. Weil die Doktorsfrau nach dem Frühstück ein Spielchen machen kann mit der Frau Pastor oder mit der Frau vom Advokaten, die auch noch gut zu Fuß ist. So ein Tennisplatz kann eine Menge nach sich ziehen. Am Ende erhält Poggendiek mit Tennis sogar eine Mittelpunktschule, denn wie jeder weiß, huldigen auch die Lehrerfrauen dem weißen Sport. Sie müssen doch ihre Zeit mit irgendetwas totschlagen, sonst werden sie wunderlich, laufen versonnen durch die Feldmark und enden als grüne Witwen, was keiner will. Deshalb braucht Poggendiek einen höheren Freizeitwert.

Eine Badestelle hat unser Dorf schon viele Jahre. Das ist die Tonkuhle mit ihrem klaren, kalten Wasser. Unsere Bauern dürfen aber nicht mehr die Gänse aufs Wasser jagen, denn die feineren Menschen mögen nicht baden, wo Gänse geschwommen sind und ihren Dreck zurückgelassen haben.

Wenn Poggendiek zur Badestelle noch Tennisplätze bekommt, sind wir die Attraktion an der Westküste, meinte Gilbert, der weit herumgekommen ist mit seinem TeEsVau. Kann sein, dass die Gemeinde ein paar Bauplätze los wird, denn der Bürgermeister kann zu frischer Luft und ziemlicher Ruhe, die in Poggendiek die meiste Zeit des Jahres anzutreffen sind, Tennis als Freizeitwert anbieten. Reiche Leute, des Stadtlebens müde, ziehen zu uns in die Landluft und bringen gutes Geld in die Gemeindekasse, in Krämer Nissens Laden und zu Gastwirt Schuldt. So ungefähr haben sich das unsere Gemeindeväter gedacht, als sie die Planierraupe in Zingelmanns Sandkuhle ließen.

Treibende Kraft war der Tierdoktor. Immer nur Bullen spritzen und quer liegende Kälber zurechtrücken füllt kein Leben aus, sagte er und stiftete Geld für Netzwerk und Wasserschlauch, was zur richtigen Tennisausrüstung gehört. Jeden Tag kam er zur Baustelle, um zu sehen, wie die Arbeit fortschreitet. War er zufrieden, spendierte er eine Runde.

Ihn fragte ich, wo sie die rote Erde herhaben, weil so ein Acker normalerweise in Dithmarschen nicht vorkommt.

„Das sind zermahlene Ziegelsteine“, meinte der Tierdoktor. Das rote Zeug ist nicht nur gut für unsere

Tennisplätze, du kannst es auch in die Suppe rühren, da gibt es schöne Farbe und wirkt gegen Verstopfung. Solange kein richtiger Menschendoktor im Dorf ist, hilft unser Tierdoktor ein bisschen aus und spritzt im Notfall Bullenmedizin gegen Menschenkrankheiten, was nicht schaden kann, weil es doch heißt, dass Mensch und Tier vom gleichen Affen abstammen.

Zwei Wochen wühlten sie in Zingelmanns Kuhle. Ich immer dabei, bei gutem und schlechtem Wetter, ich hab alles gesehen. Zum Schluss setzten sie einen Zaun, da springt kein Rehbock rüber. In die rote Erde nagelten sie weißes Gardinenband, hängten Netze auf, so breit wie ein Scheunentor, aber nur knapp einen Meter hoch und keine Hürde für unseren Ajax.

Vor der Eröffnung mussten noch Buden her, weil so die Vorschriften sind. Jeder Tennisplatz braucht eine Stelle, an der die Spieler ihr Zeug wechseln können. Weil aber Mannsleute und Frauensleute spielen wollen, muss das getrennt werden, also zwei Buden. Da für die Notdurft ebenfalls zu sorgen ist, auch getrennt für Damen und Herren, macht es vier Hütten aufs Ganze, ein ziemlicher Umstand, aber so verlangt es die Vorschrift.

Bauer Delfs stiftete eine alte Melkbude als provisorische Umkleide für die Männer, die Frauensleute bekamen eine Baubude mit Schloss und Riegel. Als vorübergehenden Schutz gegen Sturm und Regen stellten sie ein Plastikzelt auf. Das soll halten, bis Zeit kommt und Geld für ein Tennishaus. Denn das ist beschlossene Sache: Sie werden ein richtiges Tennisheim bauen mit Tanzsaal, ordentlichen Duschen und Biertresen.

An Christi Himmelfahrt ging es los. Ich saß diesmal nicht im Knick, sondern hielt mich am Freibierstand auf, denn es war Tag der offenen Tür für jedermann, der sehen wollte, wie es geht mit Tennis. Die Frauen hatten die Plätze geschmückt. Am Zaun hingen Birkengrün und die Girlanden vom Kinderfest. Neben der blau-weiß-roten Fahne Schleswig-Holsteins wehten Wimpel aus allen deutschen Landen, auch Europas bunte Tücher knatterten im Seewind, was Bürgermeister Möller Gelegenheit gab, in seiner Rede zu erwähnen, wie weltaufgeschlossen Poggendiek ist; bald wird es Patenschaft mit einem Dorf in Dänemark geben. Er berichtete auch, wie es lange hin und her gegangen ist im Gemeinderat, ob Poggendiek die Tennisanlage bauen oder den Friedhof erweitern sollte, was auch nötig gewesen wäre. Gilbert vom TeEsVau gab den Ausschlag. Die Toten haben ’ne Ewigkeit Zeit, sagte er dem Gemeinderat. Sie sollten das Geld lieber für die Lebenden ausgeben; die Jugend läuft uns weg, wenn sie kein Tennis bekommt.

Dem konnte sich die Mehrheit im Gemeinderat nicht verschließen. Nur unser Herr Pastor, der von Berufs wegen fürs jenseitige Leben zuständig ist, stimmte dagegen, obwohl seine Frau den weißen Sport bitter nötig hat, weil sie anfängt, in die Breite zu gehen.

Die Feuerwehrkapelle spielte das Kufsteinlied. Gilbert ließ Freibier anzapfen. Die Poggendieker Tennisanlage bekam einen Namen. Ein Mädchen im weißen Kleid trat ans Mikrofon und sagte: „Von nun an heißt du Roter Platz.“

Sektkorken knallten.

Bürgermeister Möller ergriff noch einmal das Wort, um zu sagen, dass die Namensgebung nichts mit Politik zu tun hat. Danach fingen sie wirklich an. Die Frauensleute bekamen den Vortritt, Gilberts Ehehälfte und die Frau Pastorin betraten als Erste den Platz. Sie verjagten die Zuschauer mächtig, weil sie kurze Röcke trugen, die gerade das Nötigste bedeckten. So unschicklich geht das im Tennissport zu.

Aber unser Tierdoktor meint, das muss so sein wegen der Belüftung. Auch die Männer spielten in kurzen Hosen und zeigten ihre behaarten Beine. Dabei kam heraus, wie die schwere Landarbeit doch den menschlichen Körper verdirbt; wohl mehr als die Hälfte lief mit O-Beinen auf den Platz.

Nach jedem Spiel reißen sie sich die Kleidung vom Leib und geben sie in die Wäsche. Dieser Sport kostet Unmengen Waschpulver, aber Gilbert sagt, das muss so sein, weil sauber aussehen das Wichtigste ist. In Gummistiefeln und Manchesterhosen geht Tennis überhaupt nicht. Spielen brauchst nicht zu können, aber ordentlich aussehen musst du!

Den ganzen Himmelfahrtstag tobten sie auf dem Roten Platz rum. Männlein und Weiblein spielten miteinander und gegeneinander, manchmal auch gemischt. Keiner hält sich an die eigene Ehefrau, sondern sucht sich was Neues, denn Fremdgehen gehört zu den Spielregeln. Mensch, Hannes, sagte ich zu mir, die kurzen Röcke der Frauen, die behaarten Beine der Männer, das Kreuz- und Quergespiele, das sie Mixed nennen: Tennis ist doch ein ziemlich unanständiges Kuddelmuddel.

Gegen Mittag kam unser Herr Pastor in vollem Ornat, um seine Gemahlin abzuholen, die über Tennis das pastörliche Mittagsmahl vergessen hatte.

Am Abend waren die Männer betrunken. Wie es zugegangen ist, weiß ich nicht. Sie werden wohl heimlich ein paar Buddeln in ihre Plastikumkleide geschmuggelt und sich alle halbe Stunde einen genehmigt haben, ohne dass die Frauen es merkten. So klang der Tag aus mit lautem Gesinge aus der Männerumkleide, während sich die Abendschatten auf den Roten Platz legten.

Einen Sommer lang habe ich Tennis vom Knick aus studiert, aber bis heute nicht recht begriffen. Warum die einen Tag mit weißen Bällen spielen und am nächsten mit gelben, mag der liebe Himmel wissen. Unser Tierdoktor sagt, die gelben Bälle sind hauptsächlich für die Feiertage, aber das kann nicht stimmen, denn so viele Feiertage hat Poggendiek nicht. Mir kommt es vor, dass sie an geraden Tagen mit weißen Bällen und an ungeraden mit gelben Bällen spielen. Zum Tennis gehört, dass sie nach jedem Spiel mit Netz und Besen den Platz planieren und furchtbar viel Wasser verschwenden. Kaum kommt die Sonne raus, greifen sie zum Schlauch, nicht um zu duschen, nein, sie spritzen den Roten Platz ab. Neulich trieben sie es so schlimm, dass in Timms Gemüsegarten, der dreißig Meter hinter dem Platz anfängt, die rote Flut stand.

An die neumodischen Ausdrücke musst du dich erst gewöhnen. Wenn sie cross brüllen, heißt es, sie wollen ihren Gegenspieler aufs Kreuz legen. T-Linie ist keine neue Fähre nach Helgoland, sondern die Stelle, wo sie nach dem Spiel, wenn viel Schweiß vergossen wurde, kalten Tee mit Rum trinken. Mit dem Trinken haben es die Poggendieker Tennisspieler sowieso mehr als mit dem Schwitzen. Gastwirt Schuldt hat die Gunst der Stunde erkannt und in der Männerumkleide eine Filiale eröffnet. Warum das Gardinenband am Ende Grundlinie heißt, konnte mir keiner sagen; von tiefem Grund und Morast ist da nichts zu sehen. Manchmal schreien sie Einstand, aber keiner will einen ausgeben. Frauen spielen gern longline. Das heißt, dass sie von der schlanken Linie genug haben und an die lange Leine genommen werden wollen. Manchmal spielen sie auch auf dem Strich. Fällt ein Ball in die Nähe des weißen Gardinenbandes, gibt es meistens Krakeel. Sie streiten, ob der Ball nun drauf war oder nicht. Im Tennis wird die Schlechtigkeit der menschlichen Seele offenbar. Da lügen sie, dass es den Bällen wehtut. Nimm mal die Frau unseres Advokaten. Die hat die Gerechtigkeit auch nicht erfunden. Sie schreit schon „aus“, wenn der Ball noch in der Luft fliegt. Manchmal sagen sie „Entschuldigung“, aber das ist nicht ernst gemeint, sondern reinste Scheinheiligkeit, denn Tennis verdirbt den Charakter. Vom Wall aus seh ich genau, wo die Bälle landen, aber ich sag kein Wort. Der Tierdoktor hat mir geraten, den Mund zu halten. Auch wenn sie dich fragen, Hannes, sag immer, du hast nichts gesehen, sonst kratzen dir die Weiber die Augen aus!

Was keiner vorausbedachte: Sie mussten für teures Geld einen Tennislehrer engagieren, weil in Poggendiek keiner so richtig das Spiel verstand. Gilbert sagt, die Tennisregeln sind ohne Verstand, die muss jeder von Grund auf lernen wie eine neue Sprache. Das fängt schon mit dem Zählen an. Nach fünfzehn kommt nicht sechzehn, sondern dreißig. Einmal die Woche steht der Tennislehrer von morgens bis abends auf dem Platz und wirft unseren Leuten aus einer Kartoffelkiepe Bälle zu. Die müssen sie mit Gewalt treffen. Weil die Poggendieker Männer Kraft genug in den Armen haben, donnern sie manchen Ball über den Zaun in die Brennnesseln. Da holen sich die Kinder die Bälle, sodass für unsere Jugend auch etwas abfällt vom weißen Sport.

Einige Frauen sind richtig aufgeblüht mit Tennis, denn das ist ein Sport, bei dem der Mensch seine Schönheit spazieren tragen kann. Meta Brand, die es immer im Kreuz hatte und sich in ihrem Gemüsegarten nach keinem Halm Hühnerkraut bücken konnte, fand auf dem Tennisplatz ein neues Leben. Auch fördert Tennis die Fruchtbarkeit. Mehrere Frauen sind diesen Sommer schon schwanger geworden, und Gilbert will nächstes Jahr eine Spielecke mit Sandkiste neben den Roten Platz bauen, damit die Kinder sich vergnügen können, wenn ihre Mütter dem Ball nachjagen.

Neulich, als die Spieler zum Umziehen vom Platz gingen, habe ich mir mal einen Ball gegriffen und mit dem Taschenmesser aufgeschnitten. Nichts drin! Nur heiße Luft! Das also ist das große Geheimnis des Tennissports: weiter nichts als heiße Luft.

Der Präsident und ich

Seit einem Jahr haben wir das Nötigste zusammen, das für Tennis gebraucht wird, nur eine Persönlichkeit fehlt noch, die uns nach innen und außen vertritt und dem Verein Halt und Richtung gibt. Spielen will jeder, aber keiner will Präsident sein. Schwer ist die Arbeit nicht. Zur Saisoneröffnung drei Sätze vom Blatt ablesen, im Herbst die Pokale überreichen, Bierfässer anstechen und den Telefonapparat bedienen, mehr braucht ein Präsident nicht zu können. Er muss nur da sein, ein Präsident ist ein Aushängeschild. So, wie die Königinnen in England, Dänemark und Holland eigentlich unnütz sind, aber da sein müssen als Aushängeschild ihrer Völker, brauchen die Tennisspieler in Poggendiek einen Präsidenten. Da sich freiwillig keiner meldete, schrieben wir die Stelle im Wochenblatt aus:

Ländlicher Tennisverein sucht seriöse Persönlichkeit für das Präsidentenamt.

Das Wort „seriös" hatte Tina Labahn, die in der Großstadt studiert hat und sich auskennt in solchen Wörtern, in die Anzeige gebracht. Wie sich bald zeigte, verstand jeder etwas anderes darunter. Hänschen Pieper meinte, die gesuchte Person müsse ein gewisses Körpergewicht mitbringen, die Frauen verstanden unter seriös die Bedingung, dass der Präsident keine schmutzigen Witze erzählt, also jenseits von Gut und Böse ist. Den meisten aber bedeutete seriös, dass er nicht in die Vereinskasse langt, also ein ehrlicher Mensch ist. Lag es nun an diesem Wort oder daran, dass sie die Anzeige unter der Rubrik „Kleintiere und Verschiedenes“ in die Zeitung setzten, es meldete sich jedenfalls kein Mensch. Ich meine ja, der Grund war darin zu suchen, dass mit so einem Amt kein Geld zu verdienen ist und es höchstens mal ein Bier umsonst gibt. Im Grunde geht es nur um die Ehre und das Aushängeschild, das aber ist den Lesern unseres Wochenblattes nicht genug.

Nach diesem Fehlgriff hielten wir Ausschau in den eigenen Reihen, wollten eine geeignete Persönlichkeit gewissermaßen dienstverpflichten. Aber keiner ist da, an dem nichts auszusetzen wäre. Versteht sich, dass nicht jeder Präsident werden kann. Ein Präsident muss Vorbild sein für die Jugend und sich um die Moral kümmern, denn die Versuchung im Tennissport ist groß, und das Unglück schläft nicht. Deshalb nehmen sie gern ältere Herrschaften, weil die von allem ab sind und nicht mehr ausrutschen können.

Zuerst kommt es auf die Ausstrahlung an, das heißt, dass unser Präsident mit einer Wünschelrute über den Platz gehen und Wasser finden muss. Auch sollte er zwei Sprachen beherrschen, Platt und Hochdeutsch, versetzt mit ein paar englischen Brocken, damit, wenn er Matchball sagt, keiner an Dreck und Morast denkt. Tennis braucht er nicht spielen zu können. Kein Mensch verlangt, dass ein Präsident sauber die Vorhand durchzieht und die Rückhand zu setzen weiß, nur die Regeln sollte er kennen, um den Frauen, wenn sie fragen, wie Tiebreak geht, richtigen Bescheid geben zu können. Zu bedenken ist auch, dass Leute zu uns kommen, vor allem weiblichen Geschlechts, denen weniger am Tennissport liegt, die nur unseren Präsidenten sehen wollen. Für sie brauchen wir eine Vorzeigeperson, die den ganzen Verein schmückt. Mit der Statur fängt es an. Erst wollten sie Gero nehmen, der eine klare und laute Stimme hat, aber ich fand ihn ein bisschen klein geraten. Gero kann sich hinterm Netz verstecken. Wenn er am Zaun steht, siehst du nur den halben Kopf, was nicht geht für einen Präsidenten. Gero eignet sich mehr für Festlichkeiten, da tanzt er wie ein Gummibär, die linke Hand hängt wie leblos runter, während er mit der rechten an seiner Partnerin herumfingert. Weil Gero so flink ist mit den Fingern, werfen sie immer ein Auge auf ihn, wenn er Mixed spielt. Ich habe vorgeschlagen, ihn zum Zeremonienmeister zu bestellen, was so ein Verein ja auch haben muss.

Danach dachten alle an Siegfried, der die richtige Größe und Breite hat, aber mit seinem finsteren Bart wie der Drachentöter aussieht, was einige Frauen leiden mögen, aber die meisten Kinder doch sehr verschreckt. Ein Präsident muss ein angenehmes, freundliches Aussehen haben, damit er Mitglieder gewinnt und nicht vertreibt. Weil Siegfried den düsteren Bart nicht abnehmen wollte, schied er aus dem Rennen für die Präsidentschaft aus. Auch hätte er es schwer gehabt, die moralische Prüfung zu überstehen, denn Siegfried weiß den Frauen schöne Augen zu machen, nur die eigene spart er aus.

Jessen geht nicht, weil er die Schlachterei hat und der Tennissport sich nicht mit geschäftlichen Interessen vermischen darf. Wir haben zwei Schlachter im Dorf, und die fleischliche Belieferung unserer Feste muss so gestaltet werden, dass jeder umschichtig mit Eisbein und Kochwurst dran ist. Aus dem gleichen Grund kann Kröger Schuldt nicht Präsident werden. Wir müssten pausenlos sein Bier trinken, aber die Poggendieker Tennisspieler wollen auch mal was anderes probieren.

So hatten wir an jedem etwas auszusetzen. Willi wäre der richtige Mann, Willi ist gut zu den Fischen. Wenn wir neben dem Tennisplatz einen Angelteich gebaut hätten, wäre er nicht abgeneigt. Aber Präsident bei den Fischen ist doch etwas anderes als in diesem Hühnerhaufen von Tennisspielern. Außerdem ist Willi zu schweigsam, was von den Fischen kommt.

Ingo kannst du vergessen, weil er nicht trinkfest ist. Außerdem macht er eine schlechte Figur am Netz. Wenn er mit Krämer Nissen rumtobt – sie spielen sonntags vor Sonnenaufgang, damit keiner sie sieht –, läuft er zwischen Netz und Mittellinie rum und versucht zu greifen, was angeflogen kommt. Die wahre Kunst im Tennis besteht nämlich darin, sagt Ingo, den Ball gar nicht erst im Sand aufschlagen zu lassen, sondern gleich in der Luft zu erledigen.

Mein Favorit war lange Zeit Hänschen Pieper, der ein ordentliches Körpergewicht mitbringt, was den Tennisplätzen gut bekommt und einmal Walzen erspart. Wenn er mit über zwei Zentnern gegen Fiete Fehling spielt, steht er bald japsend am Zaun und schreit: Oh Fiete, du bist ein zu guter Mensch, gegen dich kann ich nicht gewinnen!

Seine einzige Schwäche, von der nur ich weiß, ist diese: Er verschlingt jeden Mittag eine Tafel Schokolade und wäre, wenn man es darauf anlegt, mit dem braunen

Zeug zu bestechen. Aber solche Kleinigkeiten sollten der Präsidentenwürde nicht im Wege stehen. Schade, dass Hänschen nicht will, er strebt nicht nach Höherem, hat genug zu tun mit seiner Präsidentin zu Hause, die ihm die Schokolade versteckt, sodass er stundenlang suchen muss.

Warum nicht einen Ausländer zum Präsidenten wählen? Davon haben wir zwei Stück in Poggendiek, was auch genug ist. Einer heißt John und ist von der englischen Besatzungszeit übrig geblieben, spricht aber kein Englisch, sondern nur hohes Deutsch und Dithmarscher Platt. Sie nennen ihn Falklandkämpfer, weil er so unbändig hinter den Bällen her ist wie die Engländer hinter den Argentiniern auf der windigen Insel. Als Einziger bekommt er Überkopfbälle hinten am Zaun, bevor sie in den Brennnesseln untergehen. Des Weiteren ist uns ein lediger Österreicher zugelaufen, dem die Berge über waren. Er hat sich in unserem Marschenland niedergelassen, weil er hier vor Lawinen sicher ist. Alle beide wären gute Kandidaten, nur müssten wir die Satzung ändern, um den Österreicher oder den Falklandkämpfer wählen zu können.

Wenn Helmut sich mehr ums Vereinsleben kümmerte, wäre er der geborene Präsident. Er ist ein Mensch, der alles hat, was dafür gebraucht wird: ein freundliches Gesicht, rote Backen, angegraute Haare, eine ordentliche Statur, auch weiß er die Stimme zu heben und zu senken. Helmut hat die Gewohnheit angenommen, nur mit alten Damen zu spielen. Denen schlägt er die Bälle im hohen Bogen zu, sodass sie auch ihre Freude am Tennissport haben. Weil er sich so um die Alten kümmert – bei

Vereinsfesten tanzt er nur mit ihnen und singt ihnen „Herzilein" –, ist der Verdacht aufgekommen, Helmut will über Tennis zum Erbschleicher werden. Fiete Fehling, der einst Weltreisender war, wusste von einem Fall aus Australien zu berichten, wo ein Tennislehrer sich von alten Frauen testamentarisch bedenken ließ und sie danach so furchtbar über den Platz jagte, bis sie tot umfielen. Eigentlich ein schöner Tod, aber doch gegen die Regeln. In Poggendiek ist so ein Malheur nicht vorgekommen, bei uns stehen abwechselnd ein Menschen- und ein Tierdoktor mit seinem Medizinkoffer bereit für Erste und zweite Hilfe. Was den Helmut betrifft, haben wir beschlossen, ihn nicht zum Präsidenten zu wählen, solange er nur mit alten Frauen spielt.

„Warum wählt ihr keine Frau zum Präsidenten?", gab unlängst unser Herr Pastor zu bedenken. Es gibt doch stattliche Weibsbilder genug in Poggendiek. Nimm mal Annegret, den Tiger am Netz. Die weiß die Vorhand links und rechts zu schlagen, kennt sich mündlich und schriftlich in der deutschen Sprache aus und hat eine kräftige Sopranstimme. Aber sie spielt lieber Tennis. Oder Erika, die Frau des Drachentöters, die sieht doch ganz akkurat aus, auch wenn sie etwas sabbelig ist und die Worte nicht halten kann. Als Präsident aber ist jedermann zur Verschwiegenheit verpflichtet und darf nicht verraten, welches Paar sich in der Damenumkleide eingeschlossen hatte und wer mit löchrigen Socken zum Punktspiel angetreten ist.

Tessa wäre zu gebrauchen. Aber sie hat einen so riesenmächtigen Bernhardiner, den sie mit glubschen Augen um den Platz laufen lässt, wenn Punktspiel ist.

Bei ihr würde sich bald die Frage stellen: Wer ist nun Präsident, Tessa oder der Hund?

Über Hanna ließe sich noch reden, aber die hat mit Tennis wenig im Sinn und sich bei uns nur eingeschlichen, um ihrer Liebe nahe zu sein. Immer, wenn Detlev auf den Platz läuft, steht sie am Zaun in der Abendsonne und schaut verträumt über die rote Erde. Dagegen ist nichts einzuwenden, aber als Präsident ist so eine Person untauglich, weil die Liebe sie ablenkt von den Amtsgeschäften.

Danach wird es schon dünner mit unseren Frauen. Ingrid würde gehen wegen ihrer gleunigen Augen, auch Christel, weil sie im Kirchenbüro arbeitet und etwas christlicher Geist unserem Tennisverein gut zu Gesicht stünde. Aber das lässt der Pastor nicht zu. Irmgard lassen wir lieber aus dem Spiel, dann könnten wir gleich einen Mann nehmen. Gerda raucht zu viel und ist ein schlechtes Vorbild für die Jugend. Trinken fällt nicht so auf, aber Rauchen sieht jeder. Wanda könnten wir nehmen, wenn sie nicht so krumm spielte. Fremde Leute könnten von der Spielweise der Präsidentin auf den Zustand des ganzen Vereins schließen.

Nachdem wir das Angebot an Frauen durchgemustert hatten, kamen wir zu dem Schluss, die Weiblichkeit vorerst aus dem Spiel zu lassen. Wir sind sonst sehr für die Gleichberechtigung der Geschlechter, aber es darf nichts übereilt werden. Nicht mal in Berlin haben sie eine Bundespräsidentin, da sollen wir im kleinen Poggendiek mit der Weiblichkeit vorangehen? Die da oben sollen uns das Stück erst mal vorspielen, damit unsere Frauen sehen können, wie es gemacht wird. Fürs laufende Jahrhundert genügt es, wenn unsere Frauen Kuchen backen, Salate anrichten und die Bewirtung der auswärtigen Gäste bei Punktspielen übernehmen. Auch haben wir ihnen umschichtig die Reinigung der Klubräume einschließlich Toiletten und Unkrautjäten hinter dem Platz übertragen. Und das machen sie wirklich gut.

Auf der Suche nach einem Präsidenten haben wir viele Stunden beraten und so manche Flasche leer getrunken. Schon wollten wir es aufgeben und uns damit abfinden, dass Poggendiek der erste kopflose Tennisverein im deutschen Vaterland ist, da wurden unsere Kundschafter doch noch fündig. Zum Schleifenturnier am Pfingstsonntag fasste Kuddel sich erst ein Herz und dann das Mikrofon und sagte in den bunten Nachmittag hinein: Also haben wir beschlossen, Bernhard, den Briefträger, zum Präsidenten zu wählen.

Da auf der Feier genug Mitglieder anwesend, die meisten zu Beginn des Festes auch noch bei sich waren, beriefen sie auf der Stelle eine Hauptversammlung ein und wählten Bernhard, der noch zu Hause Mittagsschlaf hielt, mit hundert Prozent Handaufheben zum Präsidenten. Als er um die Kaffeezeit kam, war es schon gelaufen, er brauchte nur Ja zu sagen und eine Runde zu spendieren.

Mit Bernhard haben wir eine gute Wahl getroffen. Der ist nicht nur Briefträger und als solcher gut zu Fuß, er hat auch Zeit für das Präsidentenamt. Um halb zwölf ist er durch mit seiner Tour, der Rest des Tages gehört dem Tennis. Über seine Spielkunst wollen wir uns nicht verbreiten. Bernhard spielt Tennis wie die Chinesen Pingpong. Nach seinen Bällen brauchst du nicht zu laufen, die springen von allein übers Netz zurück. Auch nimmt er vor wichtigen Spielen Schlangengift ein zur Beruhigung der Nerven. Neulich spielte er mit Hänschen Pieper Klubmeisterschaft und führte im dritten Satz vier zu null. „Da wusste ich, dass ich nicht mehr gewinnen kann", sagte Bernhard hinterher, das Schlangengift war zur Neige gegangen.

Weil wir endlich einen Präsidenten gefunden hatten, wurde das Schleifenturnier zu Pfingsten ein ausgelassenes Fest. Die Frauen sangen unserem Bernhard das Lied von Laurentia, das schwer in die Beine geht. Um Mitternacht stimmten sie die Tennishymne „Ein bisschen Vorhand, ein bisschen Rückhand" an. Zum Essen durfte Ingrid mit den gleunigen Augen neben Bernhard sitzen. Ja, das ist das Vorrecht eines Präsidenten, er bittet die schönsten Frauen zu sich an den Tisch. So ein Amt schmückt ungemein. Viele, die die Präsidentenwürde vorher ausgeschlagen hatten, wurden neidisch, als sie sahen, wie das weibliche Geschlecht Bernhard umlagerte. Die eine oder andere wünschte sich, dass er ihr auch mal einen Brief bringt oder mit ihr Mixed spielt. Es ist schön, Präsident zu sein. Du hast als Einziger das Recht, in die Damenumkleide zu gehen, natürlich nicht als Mann, sondern als Präsident. Wenn sie zum Tanz aufspielen, hast du erst mal die freie Auswahl unter unseren Damen. Kommt es im Spiel dazu, dass nicht genau zu erkennen ist, ob der Ball auf der Linie war, wird immer zugunsten des Präsidenten entschieden.

Der Präsident und ich haben schon in den ersten Tagen ein paar wichtige Neuerungen eingeführt. Die erste betraf das Rauchen. Es gibt in unserem Verein so verbiesterte Menschen, die es keine zwei Sätze ohne Dampf aushalten können. Für sie hat Bernhard bestimmt, dass sie sich auf den hintersten Platz zurückzuziehen haben, wo es keiner sieht. Da sitzen sie, kaum, dass der erste Satz durch ist, auf der Bank und blasen wie die Indianer Rauchsignale in den Himmel.

Auf der Stelle zugelassen hat Bernhard das Servieren offener Biere. Oh, ich sage dir, wenn wir an der T-Linie stehen und auf den Ball lauern, und plötzlich taucht am Horizont, wo der Fliederbusch Schatten wirft, ein Tablett mit vier gezapften Bieren auf, die Gläser bedeckt mit Schaum, der langsam an den Rändern abwärtsläuft, oh, ich sage dir, das ist wie eine Fata Morgana in der Wüste.

Delikater waren die Gewichtskontrollen. Nachdem Bernhard gesehen hatte, in welch unwürdiger körperlicher Verfassung die meisten Spieler im April in die Freiluftsaison eintraten, ordnete er an, dass jeder Spieler, der an den Punktspielen teilnehmen möchte, sich von Ende Februar bis Mitte April einer Schrotkur zu unterziehen hat. Wer bis Mai seine Pfunde nicht los ist, muss zur Strafe die warme Jahreszeit in Pluderhosen rumlaufen, damit es keiner sieht. Bei den Frauen hatte Bernhard damit großen Erfolg, aber den Männern war nicht zu helfen. Die sagen auch, dass es kein Fett ist, das sie so verunstaltet, sondern gut ausgebildete Muskeln, die sie für den Tennissport dringend brauchen.

Den größten Ärger hat Bernhard mit dem, was die Vereinsordnung Forderungsspiele nennt. Er sagte mir, dass er das Präsidentenamt nicht übernommen hätte, wenn ihm bewusst gewesen wäre, wie die Leute sich beim Fordern anstellen.

„Papa, ich fordere dich!“, sagt der Junge von Hänschen Pieper.

„Du willst wohl ein paar an die Backen haben!“, schreit der Alte aus der Schlafstube.

Schon muss Bernhard hin und schlichten, weil Hänschens Frau auf der Seite des Jungen steht und ein Familiendrama droht, nur wegen Tennis.

Hinterm Knick steigt Rauch auf.

Sag mal, Ingrid, hast du den Backofen ausgestellt? Schon rast Bernhard mit seinem Mofa von der Bundespost zu Ingrids Backofen und sieht nach dem Rechten.

Als Eva im dritten Satz ihres Forderungsspiels Krämpfe bekam, gab es diverse Möglichkeiten, die Sache zu Ende zu bringen. Entweder Bernhard massiert Evas Waden. Oder sie machen eine halbe Stunde Pause, bis die Krämpfe sich verzogen haben. Oder Eva hat verloren. Oder das Spiel wird neu angesetzt. Wenn es neu angesetzt wird, gibt es wieder diverse Möglichkeiten: Spielen sie da weiter, wo sie mit Krämpfen aufgehört haben? Fangen sie ganz neu an? Oder spielen sie nur den dritten Satz neu?

Bernhard hat Eva am Abend besucht und sich von den Krämpfen überzeugt. Danach setzte er das Spiel neu an, und zwar übermorgen zur Kaffeezeit.

Eine Viertelstunde vor seinem Forderungsspiel ruft Kuddel an: „Ich kann nicht kommen wegen höherer Gewalt. Unsere Katze hat in Omas Bett Junge geworfen.“ Bernhard muss hinfahren, um sich die Bescherung anzusehen, sonst kann ja jeder kommen.

Seitdem die Poggendieker Tennisspieler fordern, haben einige schon Krücken gekauft und elastische

Binden, damit es ordentlich nach Krankheit aussieht. Auch gibt es Frauen, die lieber schwanger werden, als sich fordern zu lassen. Da trifft es sich gut, dass unser Präsident von der Post ist. Wenn er seine Briefe austrägt, kann er Kontrollbesuche machen und nachsehen, wie es um die Gesundheit steht.

Neulich kam Fiete auf den Platz und sagte: „Bernhard, ich will dich fordern."

Bernhard stand gerade am Zaun und sah, wie die Plätze mit Wasser versorgt wurden.

„Das musst du mir schriftlich geben", erwiderte er nach einigem Nachdenken.

„Mensch, Fiete, du kannst doch nicht unseren Präsidenten fordern!", mischte ich mich ein. „Der Präsident steht über allem, der ist und bleibt die Nummer eins."

Darauf hat Fiete seine Forderung zurückgezogen und gesagt, dass er nur noch mit Frauen spielen will.

Nach einem Jahr haben wir Bernhard Entlastung erteilt, wieder hundertprozentig. Zugleich wurde er für drei Jahre neu gewählt. Nun hat Bernhard Vorruhestand bei der Post eingereicht, weil er sich ganz dem Vereinsleben und seinem Tennis hingeben will. Beim nächsten Mal werden wir ihn lebenslänglich wählen zum besten Präsidenten aller Zeiten.

Im Garten des Schönen

In einem Flecken der norddeutschen Tiefebene, unweit der großen Weltstadt, die nach Kabeljau und indischem Pfeffer riecht, lebte einmal ein Mensch namens Rughase. Leezen hieß der Ort, nicht groß genug, um in den Büchern und Karten vermerkt, nicht klein genug, um gänzlich vergessen zu werden. Einige Wegweiser zeigten nach Leezen, und neben aufgewühlten Matsch- und Feldwegen führte eine passable Pflasterstraße ins Dorf, die zwischen den beiden Dänenkriegen gebaut worden war und immer noch hielt. Das Schönste am Dorf war der See, ein von Schilf und Wald umstandenes tiefes Gewässer, in dem – darauf hielten sich die Leezener einiges zugute – wohl gelegentlich junge Katzen ersäuft wurden, aber noch nie ein Mensch zu Schaden gekommen war.

Walter Rughase wurde in jenem Jahr geboren, als der Halleysche Komet mit seinem Schweif die gute Erde verdüsterte und einiges Unglück brachte, so auch die abgrundtiefe Hässlichkeit dieses Menschen. Seine Eltern, einfache Handwerksleute, waren mit wohltuender Blindheit geschlagen wie alle Eltern und bemerkten das sonderbare Aussehen ihres Sohnes anfangs nicht. Später, als die Hässlichkeit für jeden offenbar wurde, beschuldigten sie die Hebamme, sich bei der Geburt versehen zu haben, und hofften, der Anblick werde sich mit den Jahren zurechtwachsen. Gewiss, er wuchs ein wenig, der Junge, aber er blieb doch klein von Statur, dazu dick und kurzbeinig. Auf einem untersetzten Körper ruhte ein massiger Schädel, der, kaum dass Walter Rughase ins Mannesalter kam, kahl zu werden begann. Das Gesicht leuchtete blaurot, als wäre er schon als Trinker auf die Welt gekommen, unter der Haut schimmerten dunkle Adern, die Wangen hingen wie Taschen über dem Unterkiefer, auf der Nasenwurzel leuchtete eine rote Warze. Auch schleppte er zwischen Kinn und Hals ein Hautsäckchen herum, das sich später zu einem Kropf auswuchs. Männer, die Walter Rughase in der Kriegszeit bei militärischen Musterungen nackt zu Gesicht bekommen hatten, wussten in vorgerückter Stunde zum Schauder der Frauen zu erzählen, dass er behaart sei wie der biblische Esau. Sogar auf dem Rücken bis hinab zum Hinterteil wachse ein Wald gekräuselter dunkler Haare. Rughase brauchte, was zu jener Zeit viel bedeutete, nicht zu den Soldaten, obwohl er organisch gesund war. Die Herren im Rekrutierungsbüro wussten nicht, ob sein Anblick den Feind erschrecken oder die eigenen Leute zum Lachen bringen würde. Da Lächerlichkeit in jenen ernsten Zeiten unerwünscht war, ersparten sie Walter Rughase den Militärdienst, woran zu ersehen ist, dass die wohlgestaltete Schönheit auf den Schlachtfeldern hingerichtet wird, während die Hässlichkeit überdauert, sich gar fortpflanzt und zum bösen Ende den ganzen Erdball in Abscheu verwandeln wird.

Warum die Geschichte des hässlichen Menschen Walter Rughase erzählen? Unansehnliche Gestalten, Bucklige, Verwachsene und Zahnlose laufen überall in den Dörfern umher. Sie gehen harmlos ihren irdischen Weg, ihre Hässlichkeit fällt kaum noch auf, wenn sie sichtbar wird, gibt sie jenen behaglichen Kontrast, der allen wohltut, die es besser getroffen haben. Ihre offenkundige Unterlegenheit bewahrt sie vor übermäßigem Spott; zu großen kirchlichen Feiertagen empfinden die Wohlgestalteten sogar Mitleid mit den Hässlichen.

Aber mit Walter Rughase ging es anders. Er besaß eine gut gehende Advokatur mit Notariat. Fünf Menschen gab er Arbeit und Brot. Zwei Tippmädchen und ein weiblicher Lehrling hämmerten auf modernen Schreibmaschinen, ein Bürovorsteher hatte die Oberaufsicht, und ein alter Mann lief als Bote durch das Dorf, brachte Aktenstücke zu Gericht und holte Kontoauszüge von der Spar- und Darlehnskasse. Walter Rughase gehörte ohne Unterbrechung und unter den verschiedensten politischen Umständen dem Gemeinderat an, zahlte überschlägig gerechnet die meisten Steuern im Dorf, besaß ein besonderes Gestühl in der Kirchenbank unter der Heldentafel von 14/18 und als einziger Bürger des Ortes einen Kahn auf dem See, der mit Motorkraft bewegt werden konnte, wenn der Wind ihn ins Schilf zu treiben drohte. Er war, alles in allem, eine bedeutsame Persönlichkeit. Trifft es sich aber so, dass eine Person des öffentlichen Interesses mit Hässlichkeit geschlagen ist, darf wohl darüber gesprochen werden, weil Hässlichkeit in solchen Fällen aufhört, eine Sache privaten Mitleids zu sein, vielmehr zum Gegenstand heimlicher Schadenfreude wird. Niemand sprach es aus, aber im Herzen empfanden es die Leezener als einen Akt höherer Gerechtigkeit, dass ein so hochgestelltes, erfolgreiches Bild wenigstens diesen einen Sprung aufwies.

Ja, ja, jammerten die alten Weiber, er ist wohl reich und tüchtig, aber, Gott sei's geklagt, auch so furchtbar hässlich. Vollkommenheit ist uns Irdischen nicht gegeben, jeder trägt seine Fehler spazieren, Walter Rughase eben diese übermäßige Hässlichkeit.

Sie blickten ihm verstohlen nach, wenn er auf viel zu kurzen Beinen, einem übergewichtigen Dackel gleichend, zu Gericht trippelte. Dort führte er seine Prozesse so erfolgreich, dass sich Klienten aus dem ganzen Kreis, ja sogar aus der Weltstadt einfanden. Rughase sortierte die ihm angetragenen Fälle nach dem Spaß, den sie ihm zu bereiten versprachen, auch wohl nach der Zahlungskraft der Mandanten. Eheprozesse lehnte er aus innerer Überzeugung ab, weil er es für unschicklich hielt, die Belange einer Ehe vor Gericht auszubreiten, weil er auch zweifelte, dass es je einem Gericht gelingen werde, die Wahrheit über eine Ehe zu ergründen. Die Leezener Kinder bekamen häufig Maulschellen von ihren Eltern, weil sie dem Advokaten Rughase schlimme Wörter nachriefen. Sie hatten den Namen Ackerpogg für ihn erfunden, in der Weihnachtszeit riefen sie auch Marzipanschwein oder Spanferkel.

Heimlich hinter der Gardine, wenn keine Kinder in der Nähe spielten, erlaubten es sich auch die Erwachsenen, dieses oder jenes über Rughase zu denken oder gar leise zu sagen. Sie taxierten sein Gewicht, das mit jahreszeitlichen Schwankungen bei zweihundertdreißig Pfund lag. Sie machten sich ein Bild von ihm in der Badewanne oder vor seinem Ankleidespiegel, wenn das gute teure Spiegelglas allmählich erblindete. Sie stellten sich den unförmigen Rughase vor auf einer Stute reitend oder am Arm einer schönen Frau durch den Park spazierend, während um ihn die Natur erstarb, Bäume vertrockneten und Blumen vorzeitig welkten.

Rätselhaft blieb, wie Rughase jene Kraft auslebte, die von alters her mit gewissem Stolz Manneskraft genannt wird. Von den militärischen Musterungen wussten die Leezener, dass Rughase als Geschlechtsperson ein normaler Mensch war. Aber ein Junggeselle. Eine Zeit lang vermuteten sie, er bezahle sein Büromädchen über Tarif und verlange dafür Überstunden und private Hilfsdienste, eine gar nicht so abwegige Überlegung, weil Rughase darauf hielt, nur hübsche Mädchen in seiner Schreibstube um sich zu haben. Doch war er zu gescheit, von ihnen mehr als nur ansprechende Dekoration zu erwarten, schließlich kannte er die Gesetze, die es nicht gern sahen, wenn Abhängige neben ihrer notwendigen Arbeit zur Geselligkeit des Abends herangezogen werden. Nein, Walter Rughase hielt sich die hübschen Mädchen wie jemand, der heitere Landschaftsbilder in eine düstere Stube hängt.

Das Rätsel um die Manneskraft löste ein Leezener Pferdehändler, der Rughase eines Nachts auf dem Hamburger Steindamm traf, mit einem Lodenmantel bekleidet und in großer Eile. Einmal in der Woche fuhr Rughase zum Gericht ins damals noch preußische Wandsbek. Anschließend blieb er am nahen Steindamm, der so gut beleumundet war wie die fernere Reeperbahn. Dort sah ihn der Pferdehändler.

Mit Geld lässt sich eben alles kaufen, klagten die Leezener. Dieser Rughase setzte die Geldbörse gegen seine Hässlichkeit, erstickte aufkommenden Widerwillen mit

Scheinen, brachte jeden Spott mit klingender Münze zum Schweigen.

Ja, der Rughase kann es sich erlauben, aber die armen Leute sind darauf angewiesen, dass man sie ehrlich liebt!

Er hat aus seiner Hässlichkeit Kapital geschlagen, sagten die Alten, die ihn aus der Kinderzeit kannten, als der Halleysche Komet die Erde verdüsterte, Walter Rughase noch Haare trug und die Eltern hofften, er werde sich zurechtwachsen. In der Schule blieb er seiner Unbeholfenheit wegen vom Sport befreit. Dafür setzte er sich hinter die Bücher und wurde von Tag zu Tag klüger. Die höhere Schule in Segeberg wollte ihn nicht aufnehmen, weil ein Mensch wie Walter Rughase das ästhetische Empfinden des Lehrkörpers und der Mitschüler beleidigen könnte. Damals klagte sein Vater vor den preußischen Gerichten auf Aufnahme in die höhere Schule und gewann wie der Müller von Sanssouci. Dieses Urteil, so sprach man in Leezen, habe die Liebe des jungen Rughase zur Jurisprudenz und zu gewonnenen Prozessen geweckt. Einmal aufgenommen in die höhere Schule, hat er es ihnen wahrlich gezeigt. Walter Rughase wurde der Beste jenes Jahrgangs, der mit dem Halleyschen Kometen auf die Welt gekommen war. Er studierte in der schönen Stadt Marburg, fiel dort so angenehm auf, dass sie ihm antrugen, Professor zu werden, denn in diesem vergeistigten Amt ist das äußere Erscheinungsbild von mäßiger Wichtigkeit. Aber er schlug es aus. Er kam zurück nach Leezen, als seine Eltern starben, er kam, um Prozesse zu gewinnen.

Darüber wunderten sich alle. Ein Mensch wie Walter Rughase wäre besser in die Großstadt gegangen. Dort treffen sich die absonderlichsten Gestalten, niemand hätte ihn gekannt, und er hätte leicht hoffen können, noch Hässlicheren zu begegnen. Aber nein, es zog ihn nach Leezen, als warte hier eine alte Liebe, als wäre hier eine Rechnung zu begleichen. Vom hinterlassenen Geld seiner Eltern kaufte er ein Gebäude nahe dem Rathaus und verwandelte die unteren Räume in Schreibstuben, während er oben schlief, aß und studierte. Ein Jahr später erwarb er ein Stück Buchenwald und den Leezener See, verbot der Allgemeinheit das Angeln in dem tiefen, schwarzen Gewässer, ließ es aber zu, dass die Kinder an heißen Sommertagen in seinem See badeten. Er legte sich einen großen Apfelgarten zu und einen Schäferhund, der die Bäume zur Erntezeit bewachte. Als erster Bürger des Dorfes bekam er ein Auto zu einer Zeit, als die Leezener Radfahren noch für einen Luxus hielten. Er fuhr selbst seinen Vier-Zylinder Horch, obwohl er Mühe hatte, über das Lenkrad zu schauen. Adlige Gutsherren luden ihn zur Saujagd ein, trugen ihm ihre Töchter zur Ehe an, aber Walter Rughase lehnte höflich dankend ab. Die Leezener nötigten ihn in den Kirchenvorstand, obwohl jeder wusste, dass Rughase nicht an Gott glaubte, weil er sich schwer vorstellen konnte, ein Gott habe sich etwas dabei gedacht, ihn so elendig auszustatten. Er stellte einen Gärtner ein, einen kräftigen Mann, der seit 1930 arbeitslos war und dem Rughase ausrichten ließ, er wolle ihm diesen Gefallen tun, weil sie als Kinder gemeinsam auf den Holzbänken der Dorfschule gesessen hätten. Ihm sei in guter Erinnerung, dass er zu den wenigen gehörte, die ihn nie geschlagen oder gehänselt hätten. Den Haushalt führte ihm die alte Mutter eines

Mädchens, das vor dem Einschlafen heimlich zu lieben er sich in Gedanken manchmal erlaubt hatte. Längst war das Mädchen verheiratet, besaß drei Kinder, von denen die Großmutter gern erzählte, wenn sie Rughases Büro aufwischte und die Advokatenpapierkörbe leerte.

„Ja, meine Lene, die hat Sie gern gemocht, Herr Rughase. Aber als Sie zur höheren Schule gingen, haben Sie sich aus den Augen verloren. Deshalb ist es nichts geworden mit Ihnen beiden …"

1938 brachte jemand das Gerücht auf, in Walter Rughase stecke jüdisches Blut. So abwegig schien der Gedanke nicht. Obwohl die größten Führer der neuen Zeit südländisch dunkel, klein und hinkend, auch undeutsch feist aussahen, hielt es der Zeitgeist für ausgeschlossen, dass germanisches Blut sich in einen derart hässlichen Körper verirren konnte. Rughase sorgte schnell für Aufklärung, indem er einen mit Urkunden belegten Stammbaum vorlegte, der bis in den Dreißigjährigen Krieg reichte, als sich Wallensteins Lager für drei Wochen in Leezen befand. Die Papiere bewiesen, dass Walter Rughase durch und durch arisch war. Bauern, Förster und Gastwirte kamen in seiner Ahnenreihe vor, bedenklich, wenn überhaupt, war nur ein windiger Viehhändler, den es aus dem dunklen Osten der Weichselniederung in die Leezener Gegend verschlagen hatte, Rughases Urgroßvater.

Wenn sie im Dorf sammelten für das Rote Kreuz, später für das Winterhilfswerk oder die Partei, gab Rughase reichlich. Er stiftete ein buntes Fenster für die Kirche, obwohl er nicht an Gott glaubte. Als sich im Krieg die Sammelleidenschaft aufs Edelmetall ausweitete, endlich sogar Eisen, Lumpen, Knochen und Papier erfasste, gab er viel, aber nicht alles. Es genügte ihm, als größter Spender in den Listen zu stehen, sodass ihm niemand einen Vorwurf machen konnte. Im Kriege, als jeder Deutsche sich gefangene Menschen zur Arbeit bestellen konnte, nahm er eine Ukrainerin als Hausmädchen. Die Leezener argwöhnten, die ukrainische Irina habe ihm nicht nur das Bett gemacht, sondern gelegentlich mit geschlossenen Augen darin gelegen, denn in jenen Jahren fuhr Rughase nicht mehr zum nächtlichen Steindamm, einerseits, weil das Hamburger Nachtleben von dem Großangriff im Sommer 1943 arg ramponiert war, andererseits, weil die Behörden die Reifen seines Autos für kriegswichtige Zwecke konfisziert hatten. Jeder wusste, dass ein zu enger Kontakt mit Gefangenen, gar noch mit slawischen, verboten war, aber Rughase gestand man seine Irina stillschweigend zu, denn es konnte, sollte aus dieser Verbindung slawischen und germanischen Blutes ein Mensch hervorgehen, wahrhaftig nur besser werden.

Den Zweiten Weltkrieg überstand er angenehm, weil er zu hässlich war für den Heldentod. In den letzten Wochen, als die englischen Panzer die Lüneburger Heide umpflügten, riefen sie ihn zum Volkssturm, aber Walter Rughase meldete sich unpässlich. Endlich, am 9. Mai, besserte sich sein Gesundheitszustand. Da er gänzlich unbelastet war, eine Proforma-Mitgliedschaft in der SA nur bestanden hatte, um Schlimmeres zu verhüten, weil er die englische Sprache beherrschte und dem britischen Besatzungsoffizier wie einer der wenigen am Leben gebliebenen deutschen Juden vorkam, wurde er zum Bürgermeister von Leezen bestimmt. Es gelang Walter

Rughase, die Abholzung des Bondenwalds für Besatzungszwecke zu verhindern, eine Tat, die später, als ordentliche Zeiten anbrachen, mit einer Gedenktafel gewürdigt wurde. Als die Bürgermeister nicht mehr von Besatzungsoffizieren gestellt, sondern gewählt werden mussten, drängten ihn die Leezener zu kandidieren, aber Rughase wollte nicht. Er habe seinem Dorf in der schweren Zeit des Umbruchs einen guten Dienst erwiesen, nun seien andere an der Reihe. Er sagte nicht, weil es niemand verstanden hätte, dass ihm das Gewähltwerden im Grunde ein Gräuel war.

Tüchtige Leute muss man auf Knien bitten, dass sie ein öffentliches Amt annehmen. Von Walter Rughase konnte billigerweise niemand erwarten, dass er den zweitausend Leezenern schöne Augen und Versprechungen machte, nur um zum Bürgermeister gewählt zu werden. Er war zwar hässlich, aber stolz genug, nicht auf diese Art ein Amt zu begehren und seiner Bewerbung gar mit Verstellungen und Versprechen nachhelfen zu müssen. Seine letzte Amtshandlung als Bürgermeister bestand darin, seiner Irina, die die Besatzungsmacht in die Ukraine zurückschicken wollte, eine Schiffskarte nach Kanada zu besorgen. Persönlich brachte er sie, sein Auto fuhr seit 1946 wieder, an den Bremerhavener Kai, wo Irina ein Displaced-persons-Schiff bestieg, um in die Neue Welt und in ein neues Leben zu fahren. Anderthalb Jahrzehnte später, als die ersten Touristen aus Übersee wieder Deutschland bereisten, kam Irina zu Besuch mit ihrem kanadischen Mann und zwei Kindern, sehr hübschen Kindern übrigens.

An einem Frühlingstag des Jahres 50 standen die Leezener am Rathaus und staunten das Schwarze Brett an. Ein Aushang sagte, Walter Rughase wolle eine gewisse Cornelia Winter ehelichen. Wer gegen diese Verbindung etwas einzuwenden habe, möge sich innerhalb bestimmter Fristen melden. Oh ja, es gab einzuwenden. Darf ein so hässlicher Mensch überhaupt eine Ehe eingehen? Beleidigt das nicht den guten Geschmack? Werden damit nicht alle Girlanden in den Schmutz getreten, die im Laufe der Jahrhunderte um diesen Paarungsvorgang geflochten worden sind? Diese Hochzeit mit der noch unbekannten Cornelia Winter beflügelte mächtig die Leezener Fantasie. Es hieß, Rughase habe seine Braut per Zeitungsanzeige gefunden, der Tag der Gegenüberstellung stehe noch bevor. Dann wird sie wohl in Ohnmacht fallen oder schreiend davonlaufen oder sich in den Schutz der Polizei begeben, diese Cornelia Winter.

Rughase ließ den großen Saal des Schützenhofes herrichten, bat die Leezener, Fähnchen in die Straßen zu hängen wie sonst nur zum Kindervogelschießen im Sommer. Er bestellte den pferdebespannten Bierwagen einer Hamburger Brauerei, ließ auf seine Kosten das Rathaus weiß streichen, damit es leuchte wie der Schleier seiner Braut. Die Hochzeit sollte die größte Leezener Festlichkeit in der ersten Hälfte des Jahrhunderts werden. Jedermann war eingeladen. Für die Kinder ergab es sich, dass der fragliche Tag schulfrei war, sodass sie vor der Kirche Spalier stehen konnten.

Noch immer fehlte die Braut. Sie kam aus Berlin, so viel wussten die Leezener. War sie eine Schönheit, die Walter Rughase nur seines Reichtums wegen heiratete, oder passte sie sich dem Bild ihres künftigen Gemahls an? In jener Zeit, in der die Not noch in guter Erinnerung war, ist vieles gekauft und verkauft worden, warum nicht auch schöne Gesichter und anmutige Körper?

Zwei Tage vor dem Fest fuhr Rughase in die Stadt, um sie abzuholen. Niemand weiß, was sich auf Bahnsteig 9 des Hamburger Hauptbahnhofs an jenem Tag zutrug. Ob sie sich weigerte, den Zug zu verlassen. Ob sie Walter Rughase einen Kuss auf die rot geäderte Wange hauchte, wie es Brautleuten ansteht. Oder sie gaben sich einfach die Hand, Geschäftspartnern gleich, die einen Vertrag geschlossen haben und seine Erfüllung per Handschlag bekräftigen.

Am späten Nachmittag fuhr das Auto in Leezen ein. Hinter dem Steuer ein kleiner, rundlicher Mann mit leuchtendem kahlen Schädel, tief versunken in der Polsterung, neben ihm eine Schönheit. Dunkler Bubikopf, ein weiches, gebräuntes Gesicht wie von wochenlangem Meereswandern. Sie trug trotz bedeckten Himmels eine Sonnenbrille, weiße Handschuhe sah man und einen grazilen Körper. Vor allem: Sie war jung! Konnte sich ein Geschöpf, zart wie eine Anemone, freiwillig diesem Schauder unterziehen? Was war da vorgegangen, vorausgegangen, welche Grausamkeiten tobten unter den Oberflächen, damit dergleichen möglich wurde?

Rughase fuhr langsam die Dorfstraße hinab, wendete am Ortsausgang und kam denselben Weg zurück. Er zeigte ihr das Dorf, stieg mit ihr aus, erklärte dieses und jenes und schien es zu genießen, wie die Leezener hinter den Gardinen standen, um zu sehen, welch einen lieblichen Vogel er gefangen hatte. Seht her, ich habe mir

Häuser gekauft, einen Wald und einen See, ich besitze die größte Advokatur im Kreise, ich habe eine Jagd gepachtet, obwohl ich nicht jage, mir gehören die Fischrechte am See, obwohl ich Fisch verabscheue, und nun bekomm' ich diese Frau. Ich sehe aus wie der Hölle entlaufen, aber ich halte mir einen Engel.

Im „Hotel zur Post" hatte er für seine Braut die oberen Räume gemietet mit Aussicht auf den See, der sein See war, und den Buchenwald, der sein Wald war. Kaum im Hotel, brachte ihr ein Gärtnerbursche einen offenen Rosenstrauß, rot wie Rosen nur sein können. Am Abend aßen sie zu zweit. Das Hotel schloss ihretwegen seine Pforten, an der Tür hing ein Schild: Geschlossene Gesellschaft.

Er schlief natürlich nicht im „Hotel zur Post". Nach dem Abendessen ging er über die Straße in seine Advokatur und diktierte einige Schriftsätze, während sie, wie der Wirt später berichtete, ein Bad nahm, dabei Musik hörend, unter anderem „Dorfschwalben aus Österreich".

Es hieß, sie sei nur ein einfaches Kindermädchen aus Berlin, aber begabt mit dieser einmaligen Schönheit. Ein anderes Gerücht wollte wissen, Walter Rughase habe sie aus einem Bordell befreit, um sie ganz für sich zu besitzen. Die Wahrheit kam Jahre später ans Licht. Einem anwaltlichen Kollegen hatte Rughase anvertraut, nachdem er alles erreicht habe, was ein Mensch erreichen könne, leide er unter der Vorstellung, ohne Nachkommen sterben zu müssen. Der versprach, sich umzuschauen, und vermittelte jene Cornelia Winter. In einem Café am Kurfürstendamm trafen sie sich zum ersten Mal. Sie gingen ins Kino, speisten anschließend zu Abend und besprachen, was notwendigerweise besprochen werden musste, vor allem die materielle Seite. Sie regelten den Umgang mit Häusern, Wald, Auto und See, sie vereinbarten eine Putzfrau und eine Haushälterin, wenn es nötig sein sollte auch eine Kinderfrau. Sie willigte ein, obwohl die himmelschreiende Hässlichkeit breit und plump neben ihr saß, Zigarre rauchte und ihr nur bis zu den Schultern reichte. Wenn sie ihn anschauen wollte, traf ihr Blick zuerst den kahlen, roten Schädel mit den bläulichen Adern. Wie gierig nach materieller Sicherheit muss ein Mensch sein, der seine Schönheit so in Geld verwandelt? Sie gaben einen Gegensatz wie tiefe Finsternis und strahlendes Licht, ein Bild, das jeden Maler in Verzweiflung stürzen und zur Korrektur herausfordern musste. Wenn sie so vor den Altar treten, wird der Gekreuzigte in Gelächter ausbrechen, wird sich die Orgel in den Tönen vergreifen, werden die Glocken vom Leezener Kirchturm stürzen.

Sie heirateten im Mai an dem Freitag vor Pfingsten. Aus den Buchenwäldern leuchtete zartes Grün, auf dem See leuchtete das Weiß der Schwäne, der Flieder wollte schon blühen, und Rotdorn stand in den Gärten. Um zehn Uhr holte er die Braut vom Hotel ab. Sie gingen die wenigen Schritte zum Standesamt zu Fuß, die Braut am Arm des kleinen Mannes. Am Nachmittag fuhr eine Pferdekutsche mit vier Füchsen vor, um das Brautpaar abzuholen. Als der Kirchendiener das Trappeln der Hufe auf dem Pflaster hörte, ließ er die Glocken läuten.

Walter Rughase, langjähriges Mitglied des Kirchenvorstandes, ließ sich mit Cornelia Winter in der Dorfkirche zu Leezen protestantisch trauen, obwohl er nicht an Gott glaubte. Die Braut, von Haus aus katholisch, glaubte auch nicht an Gott. Weiß verschleiert stand sie, ihn um Kopfeslänge überragend, vor dem Altar, Walter Rughase wie ein schwarzer Pudel an ihrer Seite. Der Pfarrer sprach über Matthäus 6, Vers 21. Erstaunlicherweise fehlte der Zeremonie jede Lächerlichkeit. Das lag an der Selbstsicherheit, mit der beide auftraten. So sind wir, nehmt es hin, da gibt es nichts zu beschönigen! Es tuschelte niemand in den hinteren Reihen, kein heimliches Grinsen huschte über die Gesichter, kein verlegenes Hüsteln ins Tüchlein war zu vernehmen. Nur wenn ein Mensch sich seiner selbst schämt, seinen äußeren Makel ohne Würde trägt, gibt er sich der Lächerlichkeit preis. Vor dem Kirchenportal überbrachten die Leezener Honoratioren ihre Glückwünsche, sich verneigend, einen Handkuss versuchend. Kinder streuten Blumen, Kinder so hübsch wie pausbäckige Engel und Blumen so frisch wie die Gärten an einem Sommermorgen. Ein Fotograf hielt das ungleiche Paar im Bilde fest. Die Glocken läuteten wieder, während die Kutsche das Paar in den Schützenhof brachte. Dort hielt Walter Rughase eine Rede, plädierte nicht auf Freispruch oder für ein mildes Urteil, sondern lobte die Schönheit der Frauen. Er habe in seinem Leben schon vieles mit Erfolg versucht, nun bleibe ihm nur noch, die Ehe zu probieren. Er habe sich im Garten des Schönen umgesehen und eine Blume erwählt, mit der ihm das sicher nicht schwerfallen werde. Beifall an der langen Tafel. Es fiel auf, dass die Braut allein war. Es gab keine Brauteltern, keinen Bruder, keine Schwester, nicht einmal eine Schulfreundin war aus Berlin gekommen. Sie war eine geheimnisvolle Person, die sich ins ländliche Leezen verirrt hatte, um hier ihre Huldigung entgegenzunehmen.

Am Abend blies ein Jägerchor durchs geöffnete Fenster auf den Saal, nicht das letzte Halali, sondern „Frischauf zum fröhlichen Jagen". Der Schulchor sang „Kein schöner Land", auf Wunsch des Bräutigams als Zugabe „Ich hab' mich ergeben mit Herz und mit Hand", was die Leezener symbolisch nahmen. Danach erstrahlte der Garten im bunten Licht der Lampions, auf dem See brannte ein bengalisches Feuer.

Um Mitternacht, wie es Brauch ist, ein Ehrentanz für das Brautpaar. Die kleine runde Kugel klammerte sich an den schlanken Leib, versuchte beim Wiener Walzer zu führen, dabei zu ihr aufblickend, mit Schweißperlen auf der Stirn, lächelnd, immer nur lächelnd. Sie zerrissen den weißen Schleier. Das Paar zog sich zurück, nun endlich in Rughases Haus, in dem alle Lampen brannten um Mitternacht und in der Morgendämmerung immer noch. Die Hochzeitsgäste feierten weiter, fragten sich, wie es sich fortsetzen wollte drüben im erleuchteten Haus. Was geschieht, wenn die beiden allein voreinander stehen, was doch wohl zum Beginn des Ehelebens gehört? Darf man so eine schöne Blume in ein so finsteres Dornengestrüpp werfen? Auch stellten sie Überlegungen an, ob ein Kind, sollte es jemals aus dieser Verbindung hervorgehen, mit der Schönheit der Mutter ausgestattet oder mit der Hässlichkeit des Vaters gestraft sein würde oder ob es vielleicht eine erträgliche Mischung gibt, so wie heiß und kalt lau werden lässt.

Sie feierten, bis der Morgen dämmerte und vom See her Nebelschwaden ins Dorf zogen. Noch immer leuchteten alle Lampen in Rughases Haus, und als die letzten Gäste heimwanderten, sahen sie das vermählte Paar das Haus verlassen, ins Auto steigen und davonfahren in die Flitterwochen morgens um halb sechs. Werden sie sich in ein Versteck in den Bergen zurückziehen, in dem nur blödsichtiges Almvieh dem jungen Glück auf seinen Spaziergängen begegnet? Oder zieht es sie in mondäne Kurorte mit Promenade? Am Lago Maggiore wird man sie finden, auch Monte Carlo wäre angemessen oder Scheveningen im nahen Holland, ein Ort jedenfalls, an dem das Paar vor allen Kurgästen promenieren konnte. Arm in Arm, glücklich lächelnd und Gesprächsstoff liefernd für viele, die je nach Neigung entweder den Mann beneideten oder die Frau bedauerten.

Ob sie ihm treu bleiben wird? Sie trug eine Schönheit, die die Bienen anlockt wie die Sommerblüten im Garten. Die ist nicht zu verstecken. Selbst in hässlichen Lumpen leuchtet sie noch. Wenn er vor Gericht plädiert, wird sie durch den Wald wandern und den Förster treffen oder den bösen Wolf. Sie wird in die Stadt fahren, die feinen Läden zu besuchen und die Friseure mit gutem Ruf, sie wird auf städtischen Boulevards flanieren, bis jemand sich ein Herz fasst und sie anspricht. So wird es kommen. Alles andere wäre gegen die menschliche Natur. So muss es kommen.

Sie ließ sich bewundern, aber nur aus der Ferne. Sie genoss die heimlichen Blicke aus den Fenstern, spazierte mit unterkühlter Koketterie, einen weißen Terrier an der Leine, die Dorfstraße abwärts, lächelte hier und da, lächelte auch Männer an, die sich viel darauf zugutehielten und es am Stammtisch erzählten. Walter Rughase sah es gern. Alle begehrten sie, aber er hatte sie. Er war ihrer sicher. Er konnte sie frei laufen lassen, sie kam immer wieder wie ein braves Tier. So war es in dem Vertrag niedergelegt, der in juristischen Wendungen ihr Zusammenleben regelte, auch die Häufigkeit des ehelichen Verkehrs und die Ausnahmen bei Krankheit und Urlaub. Zwei Wochen Urlaub standen ihr zu, zu nehmen entweder im Sommer an der See oder zur Schneesaison in den Bergen. Sie nur allein, auf dieser Zusatzklausel hatte sie bestanden. Sie durfte ein Pferd halten, wenn sie wollte, einen Hund sowieso. Ein kleines Auto versprach er ihr zu kaufen, wenn sie die Fahrprüfung bestünde. Ein Abonnement im Hamburger Schauspielhaus stand ihr zu oder wahlweise in der Staatsoper. Eine Gesellschafterin durfte sie sich halten für musische Gespräche und Kaffeestunden. Klavierunterricht nach Bedarf. Hege und Pflege in kranken und schwachen Tagen. Ein angemessenes Taschengeld.

Der Fall einer Scheidung blieb unerwähnt. Dazu gab es einen Nachtrag des Walter Rughase. Bei Nichteinhaltung des Vertrages, vor allem bei ehelicher Untreue, werde er sie mit dem Jagdgewehr erschießen und auf dem Grund seines Sees, mit Steinen beschwert, versenken, dabei das Gerücht verbreitend, sie sei heimgekehrt nach Berlin, weil sie ein weiteres Zusammenleben mit einem so hässlichen Mann nicht habe ertragen können.

Nach einem Jahr war Cornelia Rughase schwanger. Die alten Weiber, die es wissen mussten, prophezeiten eine Fehlgeburt, weil das Zusammentreffen so ungleichen Blutes zur Unverträglichkeit im Mutterleibe führen musste. Aber sie behielt das Kind. In jenem Sommer sahen die Leezener sie oft im Kahn auf dem See sitzen. Er ruderte, sie saß vor ihm und blickte ins Wasser, darin ihr Spiegelbild suchend. Auch nahm sie oft Handarbeit mit hinaus, strickte Strampelhosen und Babyjäckchen, während Walter Rughase in Akten blätterte und der Terrier gelangweilt im Heck stand, nach Fliegen schnappte und Libellen ankläffte.

Walter Rughase verlor seine Beherrschung. Er, der über allen Dingen zu stehen schien, wurde aufgeregter, je näher der Tag der Geburt rückte. Er betrank sich gelegentlich in billigen Kutscherkneipen. Sprach ihn jemand auf seine bevorstehende Vaterschaft an, spendierte er ohne Zögern eine Runde. Von seinen Dienstreisen nach Wandsbek brachte er kartonweise Kinderkleidung mit, auch Puppen und Zinnsoldaten, die ihm in den Schaufenstern aufgefallen waren. Als sie in den letzten Monaten nicht mehr spazieren gehen wollte, rannte er allein in den Wald, immer in Versuchung, die Buchen zu umarmen und den Himmel anzurufen, an den er nicht glaubte, der nun aber – Walter Rughase wunderte sich selbst darüber – lindernde Tröstung in seine Unruhe brachte. Er engagierte eine Gymnastin, die mit seiner Frau Bewegungen übte, die die Geburt erleichtern sollten. Lange vor der Zeit alarmierte er Hebammen und Ärzte, ließ ein Kinderzimmer herrichten und mit Tapeten vom kleinen Häwelmann bekleben, wie der zum dicken runden Mond reiste. Auch bestellte er bei einem Ponygestüt ein kleines Pferd, das sein Kind haben sollte, noch ehe es laufen konnte.

Wie kann aus einem so schönen Körper ein so hässliches Wesen kriechen? Rughase kannte sich aus in den

Gesetzen der Juristerei, aber nicht in den Vererbungsgesetzen, die ihre Dominanten haben und keineswegs aus heiß und kalt lau mischen wollen. Das Kind glich dem Vater, wie es sich Väter doch so sehr wünschen. Schon der Säugling hatte einen stark geröteten, plumpen Kopf und zu kurze Beine. Am schwersten aber wog: Es war ein Mädchen. Ein Junge hätte mit aller Hässlichkeit einen erfolgreichen Weg gehen können, wie Walter Rughase, aber was sollte mit einem Mädchen geschehen? Er dachte an Operationen und Hautverpflanzungen, auch an Blutaustausch, um diese hässliche Röte aus der Haut zu vertreiben. Mochte es kosten, was es wolle. Er wäre bereit, seinen Besitz zu verschulden, mit dem Kind nach Amerika zu fliegen, wenn es nur ein ansehnlicher Mensch werden wollte. Nein, da gibt es nichts zu behandeln, sagten ihm die Ärzte. Sie haben ein gesundes, normales Kind, an den Vererbungsgesetzen können wir nicht herumoperieren.

Die alten Weiber hatten es vorausgesehen. Wer so aufs Geld aus ist wie diese Frau, wer so berechnend seine Schönheit ins Spiel bringt, wird mit hässlichen Kindern bestraft. Den Leezenern erschien diese Geburt wie ein Fingerzeig Gottes. Es wächst nichts in die Wolken. Auch Walter Rughase kann nicht alles haben und berechnen, die Erbgesetze hat er studiert, aber nicht die Vererbungsgesetze. Schöne Frauen gibt es zu kaufen, aber schöne Kinder bekommt man, wenn überhaupt, nur geschenkt. Und wieder kamen sie mit ihren tröstenden Sprüchen. So etwas wächst sich zurecht. In sieben Jahren ändert sich jeder Mensch. Ähnelt das Kind vorher dem Vater, schlägt es nach sieben Jahren nach der Mutter.

Und so viel ist doch wohl gewiss: Haare wird das Mädchen zu allen Zeiten auf dem Kopf tragen, denn Kahlköpfigkeit sucht nur die Männer heim.

Sie gaben dem Mädchen den schönen Namen Eleonore, ließen es aber nicht taufen, was die Leezener einigermaßen verwunderte, denn gerade ein armes Wesen wie dieses Mädchen bedurfte doch des höheren Beistandes. Sie versahen ihren Vertrag mit einer Zusatzklausel des Inhalts, dass sie unter keinen Umständen ein weiteres Kind haben wollten. Sie versprachen, sich dementsprechend zu verhalten. Sie verlängerten den Jahresurlaub der Frau um zwei Wochen. Auch fuhr Cornelia Rughase nun häufiger nach Hamburg. Der Leezener Lehrer sah sie gelegentlich in der Kunsthalle vor den Gemälden alter Meister stehen, vor Bildern, die kraftvolle Männer und schöne Frauen darstellten. Nur selten erblickte man sie im Dorf. Sie ging nicht, wie es jeder Mutter ansteht, mit dem Kind spazieren. Ein Kindermädchen fuhr mit dem kleinen Wesen täglich zwei Stunden durch die frische Luft. Cornelia Rughase stillte nicht, sie hatte Brust, aber sie stillte nicht. Auch das nahmen ihr die Leezener übel. Eine Mutter, die so eitel ist, dass sie ihre wohlgestaltete Brust dem Kind verweigert, also, was soll man von einer solchen Person halten!

Sie hatte den hässlichen Mann an ihrer Seite ertragen, aber des hässlichen Kindes, das aus ihrem Leibe gewachsen war, schämte sie sich. Sie nahm es nicht mit auf die Urlaubsreise in die südlichen Berge, besuchte weder Schwimmbäder noch Spielplätze mit dem Kind. Kein Fotograf überschritt die Schwelle des Hauses, keine heiteren Kinderbilder hingen an den Wänden, und ganz

Kluge wussten, dass in Rughases Haus sämtliche Spiegel entfernt seien, damit das Kind nicht erschrecke.

Walter Rughase saß oft allein im Kahn und ließ sich über den See treiben. Er war ein anderer Mensch geworden. Seinen Makel hatte er ertragen, daraus sogar Kraft gewonnen für ungewöhnliche Leistungen, aber hilflos stand er vor dem entstellten kleinen Wesen, das sein Kind sein sollte. Er begann, worüber sich die Leezener am meisten wunderten, an Gott zu glauben, nicht an den lieben Gott der Christen, sondern an einen bösartigen, heimtückischen Gott, der eifersüchtig darüber wacht, dass kein Irdischer in seine Höhe aufsteigt. Warum ließ der Allmächtige seinen Zorn an dem unschuldigen Kind aus? Warum strafte er nicht den Vater oder die Mutter, sondern wählte den grausamen Umweg über das Kind? Anders als die Mutter schämte der Vater sich des Kindes nicht. Er trug es oft auf dem Arm unter den Apfelbäumen spazieren. Auf seinem Schreibtisch im Advokatenbüro stand ein Bild des Kindes. Als es laufen konnte, nahm er es an die Hand und wanderte mit ihm die Dorfstraße ab. Ganz der Vater, sagten die Leezener und grüßten verstohlen. Er hat das kleine Geschöpf geliebt. Eleonore war wohl der einzige Mensch, dem Walter Rughase in seinem rationalen, von den Gesetzen der Jurisprudenz bestimmten Leben Gefühle entgegenbrachte. Sie gehörten zusammen. Er war ein Stück von ihr, und sie war ein Stück von ihm.

Während einer Gerichtsverhandlung, mitten im Plädoyer für einen Viehdieb, brach Walter Rughase zusammen. Eine vorübergehende Schwäche nur, die Verhandlung konnte nach einer Viertelstunde fortgesetzt werden, aber schon ein Vorbote jenes Schlaganfalls, der ihn zwei Jahre später niederstreckte. Sie brachten ihn in eine Hamburger Klinik. Da lag er Woche um Woche. Der vor den Schranken des Gerichts so redegewaltige Walter Rughase hatte die Sprache verloren. Seine Frau kam täglich, sprach mit ihm, erhielt aber keine Antwort. Einmal brachte sie das Kind mit. Als es vor seinem Bett stand, mit den dicken Kinderhänden auf die Decke trommelte und zu plappern begann, fand er die Sprache wieder. Er unterhielt sich mit seinem Kind, danach mit der Frau und der Schwester, er wurde völlig gesund, plädierte wieder in den Gerichtssälen und ruderte, wenn es ihm die Zeit erlaubte, allein über seinen See.

Bis zu jenem Abend im November, als er nicht wiederkehrte. Es dunkelte schon, über dem See brodelte der Nebel und verfing sich in den grauen Buchen. Fische teilten die ruhige Oberfläche und klatschten ins Wasser, und im Schilf schnatterten die wilden Enten.

Sie ging nicht zum See. Sie stand am Fenster und wartete. Als es dunkelte, rief sie die Leezener Feuerwehr.

Mein Mann ist gegen vier Uhr auf den See gerudert und noch nicht heimgekehrt.

Das war um halb sieben. Sie kamen, acht Mann hoch und ein Schlauchboot, das sie durch den Apfelgarten zum Seeufer trugen. Ein Scheinwerfer leuchtete die Oberfläche ab. Sie fanden ihn am anderen Seeufer im Schilf. Das war um halb acht. Der Kahn hatte sich in den ausgestellten Netzen und Reusen verfangen, Rughase lag blau verfärbt auf dem nassen Holz. Sie hat ihn nicht mehr gesehen. Als sie ihn durch den Apfelgarten trugen, wandte sie sich ab. Nur das Kind lief mit bis zur Straße.

Zur Trauerfeier sprach der Pfarrer davon, dass auch das Leben des Walter Rughase gottgewollt und alles in allem wohl ein großes Leben gewesen sei. Nie zuvor wurde eine so schöne Witwe auf dem Leezener Friedhof gesehen. Sie folgte, das Kind an der Hand, unbewegt dem von Pferden gezogenen Leichenwagen, nahm Beileid und Händedruck schweigend entgegen, während das Kind Tränen vergoss. Wieder bliesen die Jäger ihre Hörner, läuteten die Glocken des zornigen Gottes über die Gräber hinweg, sang der Schulchor „Die Himmel rühmen". Neunundvierzig Jahre hatte Walter Rughase gelebt, wohl ein großes Leben, und nur eine Kleinigkeit, an der er gestorben ist.

Zwei Stunden nach der Trauerfeier verließ sie den Ort, das Kind blieb bei der Haushälterin. Ein Gerücht wollte wissen, sie werde nie mehr zurückkehren. Sie werde ein neues Leben beginnen, umgeben von Schönheit und Reichtum, denn reich, das war doch gewiss, musste sie nun sein. Doch sie tauchte noch einmal auf.

Das war am Tag der Eröffnung des Testaments. Ein großes Auto hielt vor dem Gerichtsgebäude, Cornelia Rughase stieg aus, in helle Farben gekleidet und nicht mehr Trauer tragend. Als sie das Gericht verließ, sah sie ein wenig blässlich aus. Walter Rughase hatte sich nicht in den Vererbungsgesetzen ausgekannt, wohl aber in den Erbgesetzen. Sein Testament galt als Meisterstück juristischer Feinkunst. Seinen Reichtum vermachte er dem armen, hässlichen Kind. Die Witwe erhielt ein lebenslanges Wohnrecht in den oberen Räumen des Hauses und eine Leibrente, die ihr ungekürzt nur zustehen sollte, wenn sie mit dem Kind lebte, es wie eine

Mutter betreute, sich des Kindes nicht schämte, sich mit ihm in der Öffentlichkeit zeigte, ihm eine ordentliche Schulbildung zuteil werden ließ, mit besonderem Schwergewicht bei den musischen Fächern. Er hatte sein Testament, was bei letztwilligen Verfügungen unüblich ist, begründet. Warum braucht eine schöne Frau Reichtum? Ihr Körper ist Kapital genug, das sich zwar nicht durch Zins und Zinseszins vermehrt, sondern mit den Jahren verzehrt, aber immerhin ein Kapital. Dagegen gilt es, das unglückliche Kind zu entschädigen für das, was der da oben, sollte es ihn wirklich geben, in seinem blinden Zorn angerichtet hat. Das Kind muss sich kaufen können, was der natürlichen Schönheit geschenkt wird. Also verlangt es die Gerechtigkeit, ihm die Mittel dafür zu geben.

Um das Testament zu erfüllen, blieb sie bei dem Kind in Leezen, fuhr aber oft in die große Stadt, so wie Walter Rughase früher oft in die Stadt gefahren war. Nach Ende des Trauerjahres heiratete sie in aller Stille einen älteren Herrn, einen reichen Apotheker aus der Stadt, von dem sie den Namen Joosten erhielt. Zum Erstaunen der Leezener blieb sie im Dorf. Ab und zu fuhr sie zu ihrem Gemahl in die Stadt oder er besuchte sie in Leezen. Dann sah man das Paar, einen älteren Herrn mit Spazierstock und eine hübsche Frau mittleren Alters, begleitet von einer Dogge, unter den Buchen am Seeufer spazieren gehen.

Die neunmalklugen Leezener wussten, dass sie diesmal, durch Erfahrung gescheit geworden, bessere Bedingungen ausgehandelt hatte. So ließ sie sich von jenem Herrn Joosten – das war Voraussetzung der Heirat – vertraglich zur Alleinerbin einsetzen. Und keine Kinder, das bat sie sich aus, unter keinen Umständen Kinder!

Als der Apotheker nach anderthalb Jahren starb, war sie nun endlich reich und unabhängig – und immer noch schön. Die Leezener hörten von einem reetgedeckten Haus auf einer Nordseeinsel, einem Appartement in den Bergen, mehreren Wertpapierdepots und sahen uralten Schmuck aus der Familie jenes Herrn Joosten, dessen ausklingendes Leben sie achtzehn Monate wie ein bunter Schmetterling begleitet hatte. Cornelia Joosten zeigte nun ganz andere Fähigkeiten, sie verwaltete ihren Reichtum mit erstaunlichem Geschick. In der Advokatenkanzlei richtete sie ein Büro ein. Dort saß sie gern, kaufte und verkaufte Aktien, verwaltete Immobilien, telefonierte mit Frankfurt und Zürich und wusste, wohin das Gold tendierte. Sie war so erfolgreich, dass das Vormundschaftsgericht ihr auch die Verwaltung des Vermögens ihrer heranwachsenden Tochter übertrug. In dieser Eigenschaft kaufte sie den Rest des Waldes am Leezener See, sodass der See und das umgebende Waldgelände allein dem Mädchen gehörten. Es ging die Sage, sie seien beide Millionärinnen, die schöne Witwe und ihre hässliche Tochter.

Eines Tages tauchte ein junger Mann in Leezen auf. Er kam mit dem Bus von Hamburg und ging, ohne zu fragen, als kenne er sich aus, zu dem Anwesen, in dem sie lebte. Er war ein hochgewachsener kräftiger Bursche mit langem, dunklem Haar, einer jener Kerle, die man zur Förderung des Absatzes von bräunender Sonnenmilch an die Litfasssäulen klebt. Er könnte ihr Sohn sein, dachten die Leezener, ein Sohn, den sie vor der Zeit unehelich geboren und Walter Rughase verschwiegen hatte. Zum Vater ernannten die Leezener Klatschweiber einen russischen, amerikanischen, britischen oder französischen Offizier aus der wirren Zeit nach dem Kriege. Er kam an jedem Freitag. Morgens um halb elf stieg er aus dem Bus, verlebte den Nachmittag mit ihr im Garten. Dort spazierten sie unter den Apfelbäumen, plauderten, ohne sich zu berühren, benahmen sich wie gute Bekannte, die alte Erinnerungen austauschten. Bei gutem Wetter ließ sie sich von ihm, der ein kräftiger Ruderer war, auf den See hinausfahren. Den Abend verbrachte sie mit ihm im Haus. Gegen Mitternacht fuhr er mit dem letzten Bus in die Stadt.

Der Busfahrer fand es schließlich heraus. Er war ein Jurastudent, dem sie die Fahrt bezahlte, ja auch das Studium, damit er so klug werde wie Walter Rughase. Sie schenkte ihm sogar eine Urlaubsreise nach Griechenland einschließlich Begleitung. Mit einer jungen Kommilitonin repetierte er in den peloponnesischen Tempeln die zweitausenddreihundertfünfundachtzig Paragrafen des Bürgerlichen Gesetzbuches. Danach wurde er nur noch einmal in Leezen gesehen. Er kam wie immer am Freitagvormittag, speiste mit ihr im Hotel und reiste anschließend, nachdem sie sich ausgesprochen hatten, zurück in die Stadt.

Es kamen dann andere, immer waren es große, athletische Burschen. Für den einen mietete sie sogar ein Pferd und ließ ihn durch die Wälder der Umgebung reiten, ein anderer durfte mit ihrem Auto spazieren fahren. Sie kleidete sie ein, schenkte ihnen Bücher. Für einen Weitspringer ließ sie im Apfelgarten eine Sprunganlage bauen, damit er während des Besuchs in Leezen nicht das Training vernachlässigte.

So ging es mehrere Jahre. Dann begann sie zu kränkeln. Ja, das Kapital verzehrte sich, warf keine Zinsen mehr ab, sondern nur noch länger werdende Schatten. Krähenfüße tauchten in dem Gesicht auf und die schlaffen Falten des beginnenden Alters. Wegen der blauen Adern an Unterarmen und Beinen ging sie nur noch in langen Hosen und langärmeligen Blusen. Sie sah blass aus. Sie glaubte plötzlich, von einer ansteckenden Krankheit befallen zu sein. Walter Rughase hatte sie angesteckt oder das Kind. Nun überwucherte das heimtückische Leiden nach und nach ihren schönen Körper. Der Name dieser Krankheit ist Hässlichkeit. Sie ist ansteckend. Eine Seuche hat die Menschheit befallen, sie breitet sich unaufhaltsam aus und richtet die Schönheit zugrunde. Aus ihrem Schlafzimmer verschwanden die lebensgroßen Jugendfotos. Die Haushälterin traf sie oft unbekleidet vor den großen Spiegeln, ihr Bild anstarrend wie Dorian Gray. Sie bildete sich ein, dem verstorbenen Walter Rughase ähnlicher zu werden. Sie entdeckte rötliche Flecken auf ihrer Haut. Auf der linken Wange wuchs eine Warze, die sie entfernen ließ und die doch immer wiederkehrte wie ein Kainsmal. Jetzt, da sie ihm so fern war, begann sie Walter Rughase zu verstehen, ja, sie bewunderte ihn. Der hatte diese Hässlichkeit sein ganzes Leben getragen und sich die Schönheit, die ihm fehlte, gekauft. Niemals hatte sie sich ihm so verbunden gefühlt wie jetzt, denn auch sie kaufte, was ihr niemand mehr schenken wollte. Sie zahlte den Bus und ein gutes Essen, heute eine Krawatte, morgen ein Paar Schuhe. Bald meinte sie, auch bares Geld geben zu müssen. In einem Umschlag steckte sie es ihnen zu. Unaufgefordert erhöhte sie die Geschenke, zahlte freiwillig mehr, je älter sie wurde und je hässlicher sie sich fühlte.

Endlich begann sie auch, ihr eigenes Kind zu lieben. Eleonore war ein junges Mädchen von bald zwanzig Jahren und sah hässlicher aus als an seinem ersten Tag. Nein, es hatte sich nicht zurechtgewachsen. Mit einiger Mühe hatte sie die höhere Schule abgeschlossen; sie besaß nicht den gescheiten Kopf ihres Vaters, auch nicht dessen starken Willen. Sie war ein gutmütiges Kind, das gern im Garten umherlief, wenn es sich nicht in die fernen Welten schöner Bücher versenkte. Sie saß oft auf der Terrasse im Schaukelstuhl, versunken in ihren Büchern. Wenn die Mutter vorüberging, blieb sie manchmal stehen und strich dem Mädchen über das Haar. Oder sie schaute ihre Tochter an, bis sie aufblickte und lächelte. Es kam vor, dass sie Arm in Arm durch das Dorf gingen, und die Mutter erzählte von jenem Frühling 1945, als die Familie starb und sie als Einzige zurückblieb, ein verzweifeltes Mädchen, dem alles recht war, das nur nicht mehr hungern und arm sein wollte.

Niemand weiß, wie es geschehen ist und warum. Cornelia Joosten, verwitwete Rughase, geborene Winter, ist an einem milden Sommerabend im Leezener See ertrunken, die erste Tote in diesem See seit Menschengedenken. Ihre Leiche trieb an den Strand, völlig nackt und immer noch schön. Die Leezener erklärten es so: Der See neige wegen seines dunklen Untergrundes zur Düsternis, er verzerre die schönsten Bilder und lasse jeden Menschen, der lange genug hineinschaue, hässlicher erscheinen, als er in Wahrheit ist. Sie habe, über den Bootsrand blickend, ihr Spiegelbild im unbewegten Wasser gesehen und sei darüber so erschrocken, dass sie ihrem allmählichen Verfall in die Hässlichkeit ein Ende bereitet habe.

Eleonore Rughase war nach dem Tode der Mutter der reichste Mensch in Leezen, ja im ganzen Kreis und darüber hinaus. Die alten Weiber prophezeiten, es werde sich nun bald ein gut aussehender Mann finden, der des Reichtums wegen die Hässlichkeit vergesse. Aber es ergab sich nur, dass Eleonore Rughase in ihrem achtundzwanzigsten Lebensjahr ein uneheliches Kind gebar, dessen Vater sie nicht preisgeben wollte, ein Kind übrigens von makelloser Schönheit.

Gott lässt die Elenden nicht im Stich und schenkt ihnen schöne Kinder, sagten die alten Weiber dazu.

Mai in der Neustädter Bucht

Lina Sakies wollte ans Wasser und hatte nach allem, was geschehen war, ihre Gründe. Die Straßen des Wassers hatten sich als sicherer erwiesen. Als die Chausseen barsten, die Gräben sich öffneten, die Eisenbahnen brannten, hatte nur das Wasser standgehalten.

Sie sagte es zu dem Mann am Schalter, der ihren Namen wissen wollte. Der blickte, als sie vom Wasser sprach, verwundert auf, schaute an der Schlange der Wartenden vorbei und schüttelte müde den Kopf.

„Wir reisen hier nicht in die Sommerfrische", sagte er.

Er notierte ihren Namen und den Ort der Herkunft.

„Es war ein Fischerdorf", sagte Lina Sakies und gab die Namen ihrer Kinder mit Dore und Jettke zu Protokoll. Die beiden Kleinen standen hinter ihr, hielten sich am Pelzmantel der Mutter fest. An den Füßen trugen sie Holzschlorren, das Jettke hatte eine Schnoddernase, und beide leuchteten blond wie ein Haferfeld im August.

Sie habe zwingende Gründe, am Wasser zu bleiben, erklärte Lina Sakies. Sie erwarte noch etwas von diesem Wasser, das auch ihr Wasser gewesen sei, auf der anderen Seite, versteht sich.

In Ostholstein gibt es Dörfer, die dem Meer zugerechnet werden. Die Getreideschläge enden am Wasser, Rinderherden stehen an der Steilküste und brüllen den Schiffen nach, die aus der Bucht fahren, wenn sie fahren. Alleen führen gradlinig dem Meer zu, als wollten sie

Brücken werden zu einem Ufer jenseits der Horizonte. Aus den Fenstern der Herrenhäuser sieht man bei klarem Wetter die mecklenburgische Küste, die Leuchtfeuer der Wismarbucht und der Insel Poel, aber nur in Friedenszeiten. Feldwege stürzen sich ins Meer, jeder kann sie schwimmend weiterwandern oder vom Kahn die Angel auswerfen oder Netze stellen, aber nur in Friedenszeiten.

In jenem April stieg der Frühling wie immer aus dem Meer, früher als sonst. Pferdefuhrwerke brachten die, die zum Wasser wollten, auf die Dörfer. Auf einem der Wagen saß Lina Sakies mit den blonden Haferköpfen. Als die Allee sich öffnete, das grünliche Wasser sichtbar wurde, dachte sie, es sei wie Nachhausekommen von der anderen Seite.

Sie zeigte den Kindern das Meer. „Dort, wo man nichts mehr sieht, sind Papa und Ewald", sagte sie.

Auf den Gutsfeldern arbeiteten die Pflüger. Aus den Drillmaschinen lief die Saat in die Erde. Der Wind trieb Staubwolken über die Äcker und versenkte sie im Meer.

„Manchmal müssen sie nachts arbeiten", erzählte der Mann, der die Pferde führte. „An Tagen mit Sonnenschein ist es nicht geheuer auf unseren Feldern. Neulich haben die Tiefflieger ein ganzes Gespann umgebracht, auch den polnischen Kriegsgefangenen, der hinter dem Pflug ging."

Als die Fuhrwerke auf den Hof bogen, traten sie in Scharen aus den Scheunen, um die Neuen zu sehen, die immer noch kamen, jeden Tag kamen. Der eine oder andere hoffte auch, einen guten Bekannten zu treffen, der im großen Mahlstrom verloren gegangen war.

„Bald ist Schluss, bald kommt keiner mehr", sagte der alte Mann, der die Pferde führte. „Wir haben auch genug von denen."

Er zeigte mit der Peitsche Richtung Meer. „Aus und vorbei!"

Der Gutsverwalter war ein Mann, dem der linke Arm fehlte. Er trat auf die Terrasse, um zu verkünden, dass das Gut längst überfüllt sei. Doch vorgestern habe das Wachpersonal die Gefangenen nach Norden getrieben, nur Polen und Franzosen durften bleiben, nun sei die Russenbaracke frei.

„Wir haben sie schon desinfiziert."

Sie war aus festem Holz, vor drei Jahren gebaut, als der Strom der Gefangenen anschwoll. Sie besaß kleine vergitterte Fenster und einen schweren Balken, der die Eingangstür sicherte. Inwendig roch die Baracke nach grüner Seife. Der kyrillischen Schrift, die in die Wände geritzt war, vermochte die Desinfektion nichts anzuhaben, die Zeichen blieben am Holz haften als Erinnerung, bis es einmal brennt, was das Ende aller Baracken ist.

Lina Sakies nahm sich drei Pritschen nahe einem Fenster, wählte ihr Lager so, dass sie im Liegen die Wolken zu sehen vermochte. Richtete sie sich auf, fiel ihr Blick auf das Meer.

Die hier vorher gelebt hatten, werden auch übers Meer geschaut und dem Westwind ihren Gesang mitgegeben haben, dachte sie und fühlte sich, zum ersten Mal eigentlich, mit den fremden Menschen verbunden. Wenn sie am Herd Suppe rührte, spürte sie durchs vergitterte Fenster, wie nahe ihr das Meer war. Oft leuchtete es im Sonnenlicht, dann wieder ertrank es im Nebel oder hängte tief gleitende Wolken zwischen sich und das Festland. Bei günstigem Wind hörte Lina Sakies die Brandung, und eines Abends, als der Mond aus dem Wasser steigen wollte, rief sie die Kinder ans Fenster: „Seht nur, es brennt immer noch im Osten!"

Jeden Tag gingen sie ans Meer. Die Kleinen spielten im Sand, Lina Sakies saß auf angeschwemmtem Holz und suchte den Horizont ab, bis sie Masten entdeckte, Schornsteine oder weiße Aufbauten. Rief sie die Kinder, um ihnen das Bild zu zeigen, war es im Dunst verschwunden. Oft erschreckte sie Kanonendonner, der vom Meer herüberwehte, ein fernes Grummeln, als gehe hinter Bornholm ein Gewitter nieder. Auch Rauchsäulen stiegen ohne erkennbare Ursache vom Meer auf und flüchteten zu den Wolken.

Eines Morgens fanden sie einen Toten. Er hatte sich unter allerlei Gerümpel am Strand verkrochen, teilte seinen Platz mit zerborstenen Kisten, teerbeschmierten Planken und vollgesogenen Matratzen. Die Kinder entdeckten ihn, weil er eine Hand aus dem Unrat streckte, als wolle er ein Zeichen geben.

Es wird ein Soldat sein von einem der untergegangenen Schiffe, dachte Lina Sakies. Oder ein Gefangener, der nicht nach Norden getrieben werden wollte, sondern übers Meer gegangen ist. Oder ein in die Fluten gestürzter Flieger. Gelegentlich rasten Flugzeuge so tief übers Wasser, dass sie den Wellen nahe kamen, einmal stürzte vor aller Augen eine brennende Maschine ins Meer und erlosch augenblicklich.

Nach der Begegnung mit dem Toten mied Lina Sakies den Strand. Es genügte ihr, abends durchs Fenster zu blicken, den Möwen zuzuschauen, wenn sie, des Fliegens müde, sich auf den Feldern niederließen. Nahm die Schwärze überhand, geschah es, dass sie Lichter sah. Rasch erloschen sie und tauchten an anderer Stelle wieder auf.

„Seht nur, dort blinkt ein Leuchtfeuer!"

Wenn die Kinder kamen, waren die Lichter verschwunden. Die Zeit verlangte, dass man Licht verbergen musste, nur die wahrhaft großen Feuer durften brennen.

„Schade, nun ist es ausgegangen", sagte Lina Sakies.

In den letzten Apriltagen wurde es so warm, dass die Kinder baden wollten. Aber die Mütter erlaubten es ihnen nicht, denn Wasser macht hungrig. Außerdem fürchteten sie das Strandgut, das der östliche Wind an die Ufer spülte.

An den warmen Tagen fanden sie zum Meer zurück.

„Die Frau Sakies sucht Bernstein", sagten die aus der Baracke, wenn sie sahen, wie die Frau den Strand abwanderte. „Die kommt von der Bernsteinküste und kann nicht anders als suchen, es ist ja auch dasselbe Meer."

Wertvoller als Bernstein war der Ledermantel, den ein deutscher Major ausgezogen hatte. Im Futter eingenäht fand sie einen Zettel:

Bitte Inge Wondratsch in Graz, Klagenfurter Straße 12, benachrichtigen, dass ich tot bin.

Welch ein schöner Mantel!

An einem Morgen entdeckten sie die Schiffe. Sie waren über Nacht gekommen. Als die Sonne aufging, lagen sie schon in der Bucht auf Reede, wahrhaft große Schiffe, für Ozeane und Eismeere gedacht, Schiffe, die auf Fahrgäste warteten, um mit ihnen dem Krieg davonzufahren zum Kap Finisterre oder zur Guten Hoffnung.

Sie dachte, es wären feindliche Schiffe. Aber eine Frau aus der Baracke, die sich auskannte in Schiffen, die mit „Kraft durch Freude“ bis Spitzbergen gefahren war, aber nur in Friedenszeiten, diese Frau erkannte die Schiffe. „Der große Dampfer ist die ‚Cap Arcona‘!“

Einen Tag später kamen die, für die die Schiffe bereitstanden, die Fahrgäste nach Spitzbergen und zur Guten Hoffnung. Ein Menschenwurm wälzte sich von Süden die Landstraße hinauf. Die Pferde scheuten beim Anblick der elenden Gestalten in Sträflingskleidung. Als die vielen Menschen das Meer sahen, liefen sie die letzten Meter zu dem rettenden Wasser wie eine Rinderherde, die der Tränke zustrebt. Sie lagerten am Strand der Neustädter Bucht, ihre Bewacher bildeten einen Halbkreis, Schäferhunde umkreisten die Herde.

„Das sind die aus den Lagern“, wusste einer in der Baracke. „Es geht nun dem Ende zu, und sie wissen nicht, wohin mit den vielen Menschen.“

Endlich kamen kleine Boote, die die Sträflinge zu den großen Schiffen übersetzten.

„Man wird sie ertränken, wo das Meer am tiefsten ist“, sagte der aus der Baracke, der sich auskannte mit diesen Leuten.

Oder man wird sie nach Norden bringen, wohin die Gefangenen getrieben wurden. Norden ist eine ausgesprochen schöne Gegend, nach Dänemark oder Spitzbergen. Nicht nur der Frühling zog in jenen Tagen nordwärts, auch die Menschen trieb es hinauf in die Kühle.

Drei Tage war der Mai alt. Auf den Schiffen lagen Tausende in der wärmenden Sonne, schon gaben die Schornsteine verdächtige Rauchsignale von sich. Man wird bald aufbrechen. Da erschienen Flugzeuge. Im Tiefflug rasten sie über die Äcker, die schon erstes Grün zeigten, dem Meer zu, fielen hinter der Steilküste aufs Wasser, jagten Leuchtspurmunition vor sich her, Fontänen stiegen auf und fielen zusammen. Vom Dach des Herrenhauses beobachteten sie mit Feldstechern, wie die Schiffe sich in Rauch hüllten. Auch sahen sie Menschen von Bord springen und dem Ufer zuschwimmen. Schreie hat niemand gehört. Der Lärm der Maschinen, das Hämmern der Bordkanonen, das Detonieren der Bomben übertönte jeden menschlichen Laut. Eine Zeit lang schien es, als wolle das Meer Feuer fangen, die ganze Bucht abbrennen. Nach einer halben Stunde wurde es still. Rauch hing über der Bucht, als wäre ein Vulkan ausgebrochen. Hilferufe wurden vernommen, kein SOS jagte durch den Äther, die Gesellschaft zur Rettung Schiffbrüchiger hatte ihren Dienst eingestellt. Nur wenige stiegen erschöpft aus dem Meer, fielen auf die Knie, um dem Herrgott zu danken. Noch heute wissen die alten Leute, die in den Dörfern am Meer leben, davon zu erzählen, wie sich das Wasser der Neustädter Bucht rötlich färbte und am Abend des unglückseligen Tages Schwärme von Seevögeln über dem Meer kreisten. Kein Radio brachte eine Sondermeldung, kein Zeitungsreporter hielt das Ereignis für die Nachwelt fest, und bis heute fand sich kein Überlebender, des Schreibens kundig genug, um das Unerhörte jenes Tages, als die Bomben der Befreier jene trafen, die seit Jahren nichts sehnlicher herbeiwünschten als die Ankunft der Befreier, zu Papier zu bringen. Das Oberkommando der Sieger meldete kurz:

Anfang Mai waren die Verbindungslinien in Norddeutschland und der Schiffsverkehr der baltischen Häfen die Hauptziele der alliierten Luftwaffe.

Fünf Tage später kam nach dem Frühling endlich der Frieden. Da es ein warmer Frühling war, trieb der auflandige Wind süßlichen Gestank ins Binnenland. Der Strand wurde gesperrt, um die angeschwemmten Leichen zu bergen. Man verscharrte sie notdürftig im Sand, um sie später in ein großes Massengrab zu geben. Nun zeigten sich keine Schiffe mehr, nicht einmal Fischerboote fuhren hinaus, denn es gab nichts zu fischen, das Meer war tot. Der aus der Baracke, der sich auskannte, sprach davon, dass der Frieden furchtbarer sein werde, als es der Krieg war.

„Aber wenigstens das Töten wird aufhören“, antwortete Lina Sakies. „So ein Morden wie auf den Schiffen wird es nicht mehr geben.“

Mit dem Frieden hatte sie eine neue bestimmte Hoffnung gefunden.

„Jetzt werden sie kommen“, sagte sie zu den Kindern.

Für sich fügte sie still hinzu: Wenn sie nicht im Sturm gesunken, von einem Kriegsschiff gerammt oder auf eine Mine gelaufen sind.

Als der Strand sich leerte, ablandiger Wind den Unrat hinaustrieb, ging sie wieder ans Meer, nahm auch die Kinder mit, die sie anhielt, Holz zu sammeln und am Wege Sauerampfer zu pflücken. Wie merkwürdig leer doch die See blieb. Als hätte dieses eine Inferno jedes

Leben vertrieben. Kein Segel glitt am Horizont vorüber, keine Rauchfahne zeigte die Richtung des Windes, sogar die Flugzeuge blieben aus. Über dem Friedhof der Neustädter Bucht kreisten Vogelschwärme. Später, im kalten Winter, wird die Ostsee zufrieren, die Kinder werden über das Eis zu den toten Schiffen laufen, Bretter und Planken herausreißen und an Land schleifen, um sie in Kanonenöfen zu verfeuern.

Im Frieden begannen die Butterblumen zu blühen, im Binnenland leuchteten die Rapsfelder. Üppig trug die Natur ihre Farben auf, brauchte sich nicht mehr zu tarnen. Noch heute erzählen die Alten, wie in jenen ersten Friedenstagen ein Schifferklavier das Lied vom Golf von Biskaya gespielt habe. Der Klang sei hinausgetrieben zu den Gräbern, und, was noch niemals am Meer erlebt wurde, ein Echo sei zurückgekehrt.

Zwölf Tage war der Frieden alt, als im Weiß abziehender Lämmerwolken ein dunkles Segel auftauchte, einen weiten Bogen um die Wracks steuerte und Kurs nahm auf den Wasserturm, der als Wahrzeichen der Stadt über das Meer grüßte. Man sah einen halbwüchsigen Jungen unter dem Vorsegel sitzen und am Ruder einen bärtigen Mann stehen.

Es sei ein Kurenkahn namens Pirogge gesichtet worden, hieß es in der Baracke. Sie traten vor die Tür, um das Wunder zu beobachten. In dieser Endzeit, in der so viele untergingen, kommt einer von der Memelmündung in die Neustädter Buch gesegelt. Ja, es war ein Wunder.

Der Fischer Emil Sakies, nachdem er an Land gegangen war und sich bekannt gemacht hatte, sagte zu den

Umstehenden, dass er wieder zu fischen gedenke, es sei schließlich dasselbe Meer wie an der Memel.

„Hier wirst du nie mehr fischen“, erwiderte seine Frau, „die Neustädter Bucht ist nämlich ein Friedhof.“

Letzter Zug nach Ammersby

Da war noch etwas gutzumachen, eine Kleinigkeit wiederherzustellen, die der Lauf der Weltgeschichte verrückt hatte. Der Mutter einen Gefallen tun, bevor sie stirbt. Zum 75. Geburtstag oder zum nächsten Weihnachtsfest. Fritz Broschek erinnerte sich nur, wie sie abends immer das Besteck zählte. Bei Kerzenlicht, meistens gab es Stromsperre, glitten ihr die Messer, Gabeln und Teelöffel durch die Hand, manchmal klirrte es leise. Sie dachte wohl, er schliefe, doch lag er nur unbeweglich auf dem Strohsack. Die Zudecke über den Kopf gezogen, blickte er durch einen schmalen Spalt zum Kerzenlicht und wunderte sich, dass sie weinte. Warum muss ein Mensch weinen, wenn er Löffel und Gabeln zählt? Er hatte es damals nicht begriffen, aber es war etwas zurückgeblieben. Ein halbes Menschenleben später beschäftigte ihn noch der Gedanke, dass da ein paar unverständliche Tränen zu trocknen seien.

Im Frühling fuhr Fritz Broschek hinauf in jene Gegend, die die Ortsnamen mit -by enden lässt, wo Deutschland anfängt, sich dänisch zu verfärben. Mutter hatte Angeln für einen Glücksfall gehalten. Sie kamen damals in einen der letzten Winkel Deutschlands mit gefüllten Speisekammern. „Ach, und so nahe der dänischen Butter. Glück im Unglück", sagte Mutter, als der Zug in Schleswig endgültig hielt. Glück im Unglück auch, dass die Eisenbahn bei Stettin über die noch unversehrte Oderbrücke gerollt war. Glück im Unglück, dass Mutter als Kriegerwitwe mit zwei kleinen Kindern bevorzugt in jenen Personenzug gesetzt worden war, der als letzter fahrplanmäßig die Stadt Danzig verließ und tatsächlich fahrplanmäßig ankam.

Von Schleswig wanderten sie zu Fuß nach Angeln, in den beginnenden Frühling hinein. Mutter einen Rucksack auf der Schulter, an jeder Hand ein Kind. Fritz trug den Schultornister, der entsetzlich schwer war, nicht von Schreibheften und Lesebüchern, sondern von den Wertsachen der Familie Broschek. In unsicheren Zeiten sollte man Wertvolles den Kindern anvertrauen, es in die Windeln stecken oder in den Kinderwagen. Fritz Broschek sah damals aus wie ein Achtjähriger auf dem Schulweg, in Wahrheit schleppte er das wertvolle Silber im Schulranzen von Danzig nach Ammersby in Angeln.

Fast vierzig Jahre später fuhr er zurück in das Dorf mit der dänischen Endung, das sie 1950 verlassen hatten. Im Rübenwagen hatte sie der Bauer – wie hieß er noch? – zur nächsten Bahnstation gefahren, jetzt kehrte Fritz Broschek im grauen Mercedes wieder. Es war Frühling wie 1945, als sie ankamen. Die hohen Pappeln, die die Straße nach Ammersby säumten, neigten sich noch stärker nach Osten als damals, in den Knicks blühte wie damals der wilde Flieder.

Mutter wollte nicht mehr nach Ammersby. Oft waren sie auf ihren Urlaubsreisen nach Dänemark oder Sylt an Angeln vorbeigefahren, aber für einen Abstecher nach Ammersby hatte es nie gereicht. Mutter mochte den Namen nicht mehr hören. Erwähnte ihn jemand, blickte sie abwesend aus dem Fenster. Ja, über Danzig, da sprach sie stundenlang; nach Danzig wollte sie noch einmal reisen im schönen Sommer bei gutem Wetter und bester Gesundheit. Aber nie mehr Ammersby.

Vor dem Dorf pflanzten sie gerade die gute gelbe Grata in jene Erde, die er als Kind kartoffelsammelnd auf Knien abgerutscht hatte. Ammersby war mächtig in die Breite gewachsen.

Am Dorfeingang traf er auf eine Neubausiedlung für jene, die nicht wie die Broscheks nach Westdeutschland gezogen waren. Eine Mittelpunktschule mit großem Sportplatz. Mehrere Bauernhäuser hatten ihr graues Reetdach mit leuchtendem Ziegelrot vertauscht. Die Dorfstraße asphaltiert, ein Schwimmbad in Arbeit, ein Supermarkt schon eröffnet. Unverändert nur die Kirche mit ihrem Grünspandach mitten im Dorf.

Broschek parkte vor der Gastwirtschaft, die immer noch „Dänischkrug“ hieß und Flensburger Bier ausschenkte. Noch immer wusste er nicht den Namen des Bauern, doch als er am Tresen stand, sein Bier trank, die alten Balken, Kränze, Schleifen und Fotografien wiedererkannte, fiel ihm der Name ein: Kröger.

„Der Krögerhof heißt jetzt Petersen“, sagte der Gastwirt. „Das ist so, weil die Krögertochter einen gewissen Petersen aus Kappeln geheiratet hat. Was aber der alte Kröger ist, der lebt noch sein Altenteil. Der fährt manchen Tag noch mit dem Trecker in der Feldmark spazieren.“

Broschek ließ sich den Weg zum Krögerhof zeigen, denn er kannte ihn nicht mehr. Zu viel hatte sich geändert. Die Bäume waren längst über alle Dächer hinausgewachsen und warfen Schatten in die doppelverglasten

Fenster. Früher hatte es eine Scheune gegeben, nun stand da eine Reithalle. Holunderbüsche statt der Wagenremise, die den Broscheks viereinhalb Jahre als menschliche Behausung gedient hatte. Drei Autos auf dem Hofplatz und ein roter Trecker. In einer Hofecke mit viel Sand lag Kinderspielzeug herum.

Ja, das war der Krögerhof. Im Garten sah er einen alten Mann. Wie er sich bewegte, wie er das blanke Eisen in die Erde stieß und umgrub, wie er die Mütze in den Nacken schob und wieder nach vorn drückte, wie er sich den Kopf kratzte und ausspuckte, das alles kam ihm vertraut vor.

Das Gesicht immer noch rot, die Nase eine Kartoffelknolle mit tiefen Poren.

Der alte Kröger würde ihn nicht mehr erkennen. Broschek war damals ein Schuljunge gewesen, kleines Fritzchen riefen sie ihn auf dem Krögerhof, weil die Sache mit dem großen Fritzen schon anderweitig vergeben war, auch kaum Aussicht bestand, dass aus Fritz Broschek etwas Großes werden könnte. Kröger hatte ihn niemals richtig wahrgenommen.

„Ach, die aus der Wagenremise", pflegte er zu sagen. „Das sind unsere Flüchtlinge aus Danzig."

Der alte Mann rammte den Spaten ins Wurzelbeet, wischte die Hände an der Manchesterhose ab und trat an den Gartenzaun.

„Na, was spionieren Sie hier rum, junger Mann?", rief er.

„Ich schau mir ein bisschen die Gegend an, weil ich Land kaufen möchte."

„Kommen Sie aus Hamburg, junger Mann?"

„Nein, aus dem Rheinland."

„Donnerwetter!", wunderte sich Kröger. „Nun reisen die Leute schon vom schönen Rhein zu uns nach Angeln, um Land zu kaufen. Wie sind Sie denn auf Ammersby gekommen?"

„Einfach durchgefahren und angehalten. Ist doch 'ne schöne Gegend und gar nicht weit von der Ostsee."

„Ja, so ist das", meinte Kröger. „In letzter Zeit kommen manchmal reiche Leute, um Land zu kaufen. Die wollen einen Reiterhof einrichten oder eine Jagd pachten. Sie sind nicht zufällig Immobilienmakler, der mit Land handelt?"

Broschek schüttelte den Kopf und sagte, dass er Rechtsanwalt sei.

„Sieh mal an, ein Advokat! Darauf wär ich nicht gekommen. So sehen Sie gar nicht aus, junger Mann."

Wie vertraut doch der Tonfall. Broschek fielen Sätze ein, die vor mehr als drei Jahrzehnten gesprochen worden waren, aber immer noch nachhallten, denn alles Gesprochene kehrt wieder, zieht um die Erde und bleibt hörbar für den, der Ohren hat, nichts geht verloren …

Also, so geht das nicht, Frau Broschek! Unsere Wäscheleine ist unsere Wäscheleine. Da dürfen Sie Ihren Plunder nicht aufhängen … Was ich noch sagen wollte, Frau Broschek, wenn ich nun im Winter Knickholz auf den Hof fahre, möcht ich doch drum bitten, mir das Zeug nicht über Nacht zu klauen und in Ihrem Kanonenofen zu verfeuern.

Der alte Kröger musterte den Besucher mit seinen listigen kleinen Augen.

„Nee“, sagte er, „ich hab kein Land mehr. Der Hof gehört jetzt den Kindern, und die kaufen eher zu, als dass sie was abgeben. Aber ich kenn mich aus in der Gegend und weiß, welche Bauern verkaufen wollen oder verkaufen müssen. Ich kann mich ein bisschen umhören und für Sie makeln, wenn Sie wollen. Das kostet längst nicht so viel wie beim richtigen Makler.“

Geschäftstüchtig war er noch immer, der alte Kröger. Mehr Händler als Bauer. Damals handelte er nebenbei mit Pferden und Ochsen. Als es mit den Tieren zu Ende ging, handelte er mit Melkmaschinen. Und Bauplätze hat er damals auch an die Flüchtlinge verkauft und damit viel Geld verdient.

Sie gingen ins Haus.

„Grete, bring mal Kaffee!“, schrie der Alte in die Küche. „Wir beide haben was zu verhandeln.“

Noch das alte Mobiliar. Schränke und Truhen aus dem vorigen Jahrhundert, dunkelbraun und düster. Der mächtige Kachelofen stand noch, aber nur zur Zierde, wie der alte Kröger betonte, in der guten Stube. An der Wand, mehr Rahmen als Bild, die Beschießung Kopenhagens in napoleonischer Zeit. Für Fritz Broschek hatte die gute Stube im Krögerhof mit dem knarrenden Holz und der vorherrschenden Düsternis immer etwas Unheimliches an sich gehabt. Im Winter 49/50 hatte er diesen Raum zum letzten Mal betreten. Da lag Krögers Mutter aufgebahrt in der guten Stube. Die Trauernden gingen vorbei und verabschiedeten sich von ihr, auch die Flüchtlinge aus der Wagenremise. Sich fest an Mutters Hand klammernd, hatte er den ersten toten Menschen gesehen. Heute bewunderte er die hölzernen Kostbarkeiten, die Bilder und Schränke, die eigentlich in Sicherheit gebracht werden müssten, weil Bauernhöfe, so heißt es in den Dörfern, im guten Durchschnitt alle fünfzig Jahre einmal abbrennen.

Grete Kröger, verheiratete Petersen, brachte den Kaffee. Mit der war er in die Dorfschule Ammersby gegangen, jeden Morgen und Mittag den gleichen Weg. Er hatte mit ihr in der Scheune und auf dem Hofplatz gespielt, nur ins Haus durfte Grete die Flüchtlingskinder nicht bringen, weil das doch nur Dreck gab.

Sie grüßte flüchtig, schenkte ein, fragte nach Zucker und Sahne, nahm keine Notiz von dem Besucher, schien sich seiner nicht zu erinnern.

Als die Frau gegangen war, nahm Broschek den silbernen Kaffeelöffel, den sie neben die Untertasse gelegt hatte. Er wollte umrühren, stockte aber, betrachtete das zierliche Silberstück, das ihm bekannt vorkam. Einen Löffel wie diesen hatte er schon einmal in der Hand gehabt.

Auf der Rückseite ein Wappen. Zwei Kreuze unter einer Krone.

In diesem Augenblick fiel der Löffel in die heiße Flüssigkeit. Es gab eine kleine Fontäne, und brauner Kaffee schwappte auf die Untertasse, ein Spritzer erreichte das Tischtuch.

Der alte Kröger lachte. „Bisschen heiß, was?“

Broschek zwang sich zur Ruhe. Er nahm den Silberlöffel zwischen Daumen und Zeigefinger der linken Hand, rührte in der braunen Kaffeebrühe, trank nicht, rührte nur und rührte.

„Das kaufe ich übrigens auch“, sagte Broschek nach einer Weile und hielt den Löffel hoch.

„Der ist doch man bloß zum Umrühren", meinte der alte Mann und lachte.

„Haben Sie noch mehr davon?", fragte Broschek.

„Da muss ein ganzes Besteck sein, zwölf Messer, zwölf Löffel, zwölf Gabeln und zwölf von den kleinen zum Umrühren."

Die Frau brachte eine Schale mit Keksen.

„Sag mal, Grete, woher haben wir diesen Silberkrams?"

„In der schlechten Zeit auf dem Schwarzmarkt gekauft", antwortete sie.

Broschek tippte auf das Wappen auf der Rückseite des Löffels

„Was mag das sein?", fragte er.

„Sieht meist aus wie dänisch", meinte der alte Kröger.

„Das ist das Stadtwappen von Danzig", erklärte die Frau.

Sie erinnerte sich jetzt genau. Das Silberbesteck hätten die Flüchtlinge aus der Wagenremise mitgebracht.

Broschek trank nicht. Als sie ihm Kekse anboten, schüttelte er den Kopf, ohne danke zu sagen. Er starrte auf den zierlichen Silberlöffel mit dem Danziger Wappen.

„Hol mal den ganzen Klöterkram rein, Grete", sagte der alte Kröger. „Der Herr aus dem Rheinland interessiert sich dafür."

Sie holte den Besteckkasten. Als sie den Deckel öffnete, schloss Broschek die Augen ... Schnell aufstehen und anziehen, Kinder! Im Zug könnt ihr weiterschlafen. Hört ihr nicht, wie es donnert? Das ist der Krieg, Kinder. Wo ist dein Schultornister, Fritzchen? Die Mutter hatte

Lesebuch, Schreibhefte und Malkasten auf den Tisch geschüttet und ihm den leeren Tornister auf die Schulter geschnallt. Dann war sie zum Vertiko gegangen, hatte die Besteckschublade herausgezogen und den Inhalt in den Schultornister geworfen. Es klirrte schrecklich, und es wurde immer schwerer. Nur bis zum Bahnhof, Fritzchen. Nachher fahren wir schön mit der Eisenbahn. Draußen dunkle Nacht, und doch der Himmel im Süden und Osten der Stadt hell. Das ist der Krieg, sagte Mutter und nahm beide Kinder an die Hand. Wir dürfen uns jetzt nicht loslassen, sagte sie. Nur bis zum Bahnhof, Fritzchen, dann trägt die liebe, gute, alte Eisenbahn den schweren Tornister …

„Ist das Silber verkäuflich?“, fragte Broschek, nachdem er endlich einen Schluck Kaffee getrunken hatte.

„Was wollen Sie denn ausgeben, junger Mann?“, erkundigte sich der alte Kröger.

Broschek zögerte, sagte schließlich tausend Mark, fügte nach einer Pause hinzu, dass das Besteck für diesen Preis natürlich vollständig sein müsse.

„Leider hat unser Christian einen Kaffeelöffel verbummelt“, erklärte die Frau.

„Dieser Bengel!“, schimpfte Kröger und war doch stolz auf seinen Enkel. „Kaum konnte er laufen, holte er einen Teelöffel aus der Schublade und buddelte in der Sandkiste rum. Seitdem fehlt ein Löffel.“

Wegen des verbummelten Kaffeelöffels ermäßigte Broschek sein Angebot um zweihundertfünfzig Mark. Dabei wusste er um den wahren Wert des Bestecks. Das reine Silber käme schon über tausend Mark, das Danziger Wappen mit den alten Verzierungen gar nicht gerechnet, von den inneren Werten, die die Messer und Gabeln für ihn und seine Mutter hatten, einmal ganz zu schweigen. Er hielt es für einen Akt ausgleichender Gerechtigkeit, dem alten Kröger das Silber so billig wie möglich abzukaufen. Nur so käme wieder in Ordnung, was damals durcheinandergeraten war. Diese düsteren Stromsperrenabende! Schlaft nur, Kinder, schlaft, es gibt ja doch kein Licht. Wenn Mutter glaubte, sie schliefen, holte sie den Kopfkissenbezug aus dem Schrank, in dem sie das Danziger Silber aufbewahrte. Sie griff wahllos hinein, hielt das Stück, das sie gepackt hatte, prüfend gegen das Kerzenlicht, huschte, es unter der Schürze versteckend, leise hinaus. Um kein Geräusch zu verursachen, ließ sie die Tür angelehnt. Mutter ging über den matschigen Hof. Wir hörten ihre Schritte. Der Hund schlug an. Mutter redete beruhigend auf ihn ein. Dann Stimmen im Bauernhaus. Eine Tür fiel ins Schloss.

Nach einer Viertelstunde kam sie wieder, zog behutsam die Tür hinter sich zu, setzte sich an den Tisch, auf dem die Kerze heftig flackerte. Mit der Schürze wischte sie die Augen aus, um sich danach ganz dem Mitgebrachten zu widmen. Meistens war es ein Stück Speck, dessen rauchiger Duft den Raum erfüllte. Manchmal waren es Eier, schöne große, weiße Eier, die in der Stromsperrendunkelheit leuchteten.

Über ihre demütigenden Spaziergänge von der Wagenremise ins Bauernhaus hat sie nie gesprochen. Zum Frühstück war es eben da, ein Ei für jeden, als wäre über Nacht eine gute Fee an der Wagenremise vorübergegangen.

Erst Jahre danach, Fritz Broschek studierte noch in Bonn, fing Mutter an, davon zu erzählen. Jemand sprach davon, dass er seine Eier von einem Bauernhof im Westfälischen beziehe, der frei laufende Hühner halte. Da sagte Mutter, sie habe in der schlechten Zeit die Eier auch direkt vom Bauern geholt. Im Flur habe sie warten müssen. Die Magd, die es damals noch auf dem Krögerhof gab, habe die Bäuerin gerufen.

„Kann ich ein paar Eier kaufen, Frau Kröger?"

„Was haben Sie denn zu bieten, Frau Broschek?"

Immer die gleiche Frage und immer die gleiche Antwort. Mutter holte einen Silberlöffel unter der Schürze hervor. Die Bäuerin nahm ihn wortlos an sich, verschwand in der Speisekammer. Ein Stück Speck brachte sie oder ein halbes Pfund Butter oder sechs Eier, was sie gerade zur Hand hatte. So geriet Mutters Silber von Danzig nach Ammersby in Bauer Krögers Schublade, um dort zu liegen, mehr als dreißig Jahre.

Bauer Kröger saß während des stillen Tauschgeschäfts der Frauen in der Küche. Er sog zufrieden an seiner Pfeife und sagte jedes Mal, wenn Mutter kam, das Gleiche: „Sie wissen ja, Frau Broschek, alles hat seinen Preis, umsonst ist nur der Tod."

„Na gut", sagte der alte Kröger, „für siebenhundertfünfzig können Sie den Plunder haben."

Broschek holte sieben Hunderter und einen Fünfziger aus der Brieftasche, zählte das Geld auf den Tisch.

„Der Bengel ist mir fix teuer geworden", lachte Kröger. „Zweihundertfünfzig Mark Verlust, weil er einen Teelöffel im Sand verbuddelt hat."

„Soll ich das Silber abwischen?", fragte die Frau.

Broschek schüttelte den Kopf. Da nahm sie die beiden Kaffeelöffel, die zum Umrühren auf dem Tisch lagen, und ging mit ihnen hinaus, um wenigstens sie zu säubern.

Als sie fort war, fragte Broschek: „Was ist eigentlich aus der alten Wagenremise geworden?"

Kröger stutzte. „Die ist vor zwanzig Jahren abgebrannt. Aber woher kennen Sie unsere Wagenremise? Sie kommen doch aus dem Rheinland."

„In der schlechten Zeit habe ich mal in Ihrer Wagenremise gewohnt."

Broschek nannte seinen Namen. Da schlug der alte Kröger sich mit beiden Fäusten auf die Schenkel.

„Donnerwetter! Das hab ich nie und nimmer gedacht, dass du so lange leben wirst, kleiner Fritz. Du warst doch ziemlich mickerig und schwach auf der Brust, und jetzt bist du ein richtiger Advokat geworden. Na, ist das denn zu glauben?"

Er riss die Tür auf.

„Grete, bring die Buddel und zwei Gläser! Der junge Herr hier, weißt du, wer das ist? Das ist der kleine Fritz Broschek aus unserer Wagenremise."

Als die Frau mit der Schnapsflasche und den Gläsern kam, reichte sie Broschek die Hand. „Dann haben wir ja zusammen gespielt", sagte sie scheu. „Und zur Schule sind wir auch gemeinsam gegangen, bis Sie sich schämten, neben einem Mädchen auf der Straße zu gehen. Sie waren immer hundert Meter voraus, und ich lief hinterher."

Kröger schenkte ein. Als er das Glas hob, sagte Broschek: „Das Silber gehörte meiner Mutter. Sie hat es

Stück für Stück zu Ihnen ins Bauernhaus getragen, um Eier und Speck einzutauschen."

„Ich weiß, ich weiß", winkte der alte Kröger ab. „Es waren lausige Zeiten damals, alles hatte seinen Preis, umsonst war nur der Tod."

Sie stießen an auf das Wiedersehen nach so vielen Jahren. Der alte Kröger konnte sich gar nicht beruhigen.

Nein, wie es bloß wunderlich zugeht in der Welt! Da lebt einer viereinhalb Jahre in der Wagenremise, stirbt fast an Schwindsucht, wird Advokat am Rhein und kommt eines schönen Tages nach Angeln, um Silber zu kaufen, das er von Danzig nach Ammersby getragen hat. Nein, so eine Geschichte kannst du dir nicht ausdenken, die muss so wahr sein.

Als sie getrunken hatten, fragte Kröger, ob sie noch zum Landkaufen in die Gegend fahren wollten. Broschek schüttelte den Kopf.

„Um ehrlich zu sein, ich bin nur des Silbers wegen gekommen. Meine Mutter wird bald fünfundsiebzig. Ich will ihr das Silber zum Geburtstag schenken."

Rosamunde oder Die Schwarzen kommen

Lass' uns nach Hause fahren, sagte Hedda. Eine Woche sind wir mit Schnecken und Würmern durch den Modder gelaufen, das soll genug sein für die Gesundheit.

Kuddel war froh, dass die Schlammschlacht im Watt ein Ende haben sollte und Hedda nicht mehr von Moorbädern und der Heilkraft der Nordsee redete, sondern über ihre Hühner und die Astern im Garten. Ihr war auch eingefallen, dass um diese Jahreszeit die Schwarzen ins Dorf kommen. Da galt es, wachsam zu sein.

Am Nachmittag war die Welt noch in Ordnung. An der Kanalfähre überraschte sie ein Gewitter. Das kann vorkommen. Als es abgezogen war, wunderte Hedda sich über die hellen Streifen am Himmel.

Sieht aus wie die Scheinwerfer, die im Krieg die Kanalbrücke bewacht haben, sagte Kuddel.

Vielleicht hat in Hinnerks Scheune der Blitz eingeschlagen, meinte Hedda.

Ich glaub, das Licht kommt vom Festival! rief Kuddel.

Nun redest du auch schon so einen neumodischen Krams! schimpfte Hedda. Früher nannten wir es Schützenfest oder Deernsmusik, heute muss es Festival heißen.

Bis zum Dorf hin blieb es still und friedlich. Aber plötzlich stand Detlef in Uniform auf der Straße.

Langsam, langsam! schrie er. Sonst fahrt ihr noch einen Schwarzen über.

Ist das Tanzmusik? fragte Hedda.

Nach so einem Krach kann nur der Teufel tanzen, antwortete Detlef.

Eure Marschmusik war auch nicht viel besser, meinte Hedda. Die konnte weiter nichts als laut sein, und am Ende tanzte der Sensenmann.

Sie redeten noch eine Weile über ihre alte Tanzmusik und ließen das Auto die Hauptstraße hinabrollen, mussten aber langsamer werden, weil immer mehr junge Leute kreuz und quer rannten. Einige winkten ihnen mit Bierflaschen zu, andere tanzten auf der Straße, und alle waren schwarz.

Nachts sind die meisten Menschen schwarz, sagte Hedda.

Das Getöse wurde lauter.

Hört sich an wie zehn Dreschkästen bei der Arbeit, meinte Kuddel.

Hedda lief gleich ins Haus, zog die Vorhänge zu und schloss Fenster und Türen; mit so etwas wie Festival wollte sie nichts zu tun haben.

Ich will mal sehen, was auf Hinnerks Wiese los ist, sagte Kuddel zu ihr.

Karlheinz! rief sie. Meistens nannte sie ihn Kuddel, was vom Herzen kam, aber wenn sie Karlheinz sagte, war sie ärgerlich.

Karlheinz! Wenn du da hingehst, machst du es auf eigene Gefahr. Denk an dein Trommelfell! Ich werde mir die Ohren zustopfen und zu Bett gehen.

Es war erst halb elf und Zeit genug, auf eigene Gefahr zu Hinnerks Wiese zu gehen. Unterwegs kam er an der Kirche vorbei, in der noch Licht brannte. Kann nicht schaden, vorher unser Gotteshaus zu besuchen, dachte er. Vielleicht triffst du ein paar verängstigte Leute aus der Nachbarschaft, die beim lieben Gott Schutz suchen vor den schwarzen Heerscharen.

Kirchendiener Rathje empfing ihn an der Tür.

Die Schwarzen haben die Macht übernommen, sagte er nur.

Die neu gekalkte weiße Kirche fand er proppevoll mit schwarz gekleideten Menschen. Einige spazierten vor dem Altar auf und ab, andere lagen in den Bänken und taten, als ob sie schliefen. Der Orgel hatte es die Stimme verschlagen, stattdessen spielten sie vom Tonband ein Lied, das sie auf Hinnerks Wiese gelernt hatten.

Gabriele, die Dorfpastorin, hatte sich auch ins Schwarze geworfen. Sie, die neben Hochdeutsch knapp ein paar Worte Holsteiner Platt zu reden verstand, sang auf einmal Lateinisch.

Warum sind alle schwarz? fragte Kuddel den Kirchendiener.

Der Teufel ist auch schwarz, antwortete der.

Die Mädchen saßen artig in den Kirchenbänken und hörten Gabrieles lateinischem Singsang zu, einige mit gefalteten Händen. Keines der Mädchen hatte blonde Haare, alle waren schwarz.

Um sich Gehör zu verschaffen, stellte Rathje eine Stunde vor Mitternacht die Glocken an. Sie schlugen fünfmal, dann gaben sie es auf, weil sie gegen den Krach, der von Hinnerks Wiese heraufzog, nicht ankamen.

Da unten hast du nichts zu suchen, sagte Rathje. Auf Hinnerks Wiese bekommt der Mensch nur kranke Ohren.

So ging Kuddel zurück zu seiner Hedda. Er fand sie vor dem Fernseher, den sie so laut gestellt hatte, dass er das Festival übertönte.

Weißt du was, Kuddel, sagte sie und stellte den Ton ab. Wir werden jetzt zu Bett gehen und morgen früh wieder ins Wattenmeer fahren. Erst wenn der Krach vorbei ist, kommen wir nach Hause.

Na gut, sagte er. Aber vorher will ich mir bei Licht besehen, was da unten los ist. Wir sollten auch bedenken, dass einer aufs Haus aufpassen muss, sonst übernehmen hier die Schwarzen die Herrschaft.

Um Schlag zwei Uhr hörte der Lärm auf. Es war wieder so still wie immer in den Nächten, nur Brandts Kühe brüllten, auf dem Kanal tuteten die Nebelhörner, und der Hund von Fiete Clausen bellte den halben Mond an.

Als sie aufstanden, war es auch noch still. Kuddel ging zu Rudi, der in seinem Garten an einer Bretterbude arbeitete. An den rechten Balken hatte er Blau-Weiß-Rot gehängt, links flatterte Schwarz-Rot-Gold. Er trug den Hut auf dem Kopf, den er vom Wilden Kaiser mitgebracht hatte, und sah aus, als hätte er auf nüchternen Magen schon zwei Flaschen Bier getrunken.

Was soll der Bretterverschlag? fragte Kuddel.

Mensch, Kuddel, die vielen Leute haben Hunger und Durst. Wenn mir schon der Lärm auf die Ohren schlägt, will ich als Entschädigung ein paar Mark verdienen. Ich verkaufe den Schwarzen Bier und Schinkenbrot.

Wie viele haben wir im Dorf?

Unser Bürgermeister hat sechzigtausend gezählt, Männlein und Weiblein zusammen. Sie nennen sich

Heavy Metal, was in unserer Sprache so viel heißt wie Schwermetall.

Wenn das man gut geht, Rudi. Mit Stahl und Eisen haben wir schon mal einen Krieg verloren.

Mit dem Sonnenlicht kamen die Ersten, und Rudi fing an, Bier und Schinkenbrot auszurufen. Weil die Mädchen nach Kaffee verlangten, musste Grete, die die Frau von Rudi ist, mit einer Kaffeekanne in die Bretterbude kommen und einschenken. Dazu gab es Sahne und Würfelzucker. Einer, der wohl aus dem Salzburgischen zu Schwermetall gestoßen war, freute sich so über den Hut vom Wilden Kaiser, dass er sich vor die Bretterbude stellte und das Lied vom Beppo sang. Anschließend jodelte er.

Gegen zehn Uhr begab Kuddel sich zum Ende des Dorfes, wo die Sechzigtausend lagerten. Er traute seinen Augen nicht. Zelt an Zelt, fast bis zum Kanal hin. Weil die Luft warm war, schliefen einige im Knick. Die Grilltöpfe räucherten, in den Bierzelten gab es die ersten Getränke, und auf der leeren Bühne, hoch wie der Kirchturm, stand einer von den Schwarzen und spielte für sich Trompete.

So muss die Landschaft ausgesehen haben, als der Alte Fritz seine Schlachten schlug, dachte er. Wenn die wieder mal einen Kriegsfilm drehen wollen, brauchen sie gar nicht viel aufzubauen, sondern nur Hinnerks Wiese nach so einer Nacht abzufotografieren. Das ist Krieg genug.

Nachdem er das Schlachtfeld besichtigt hatte, ging er nach Hause, um mit Hedda Kaffee zu trinken. Die hatte inzwischen Brötchen geholt und saß vergnügt am Gartentisch.

Stell' dir vor, an die fünfzig Meter lang war die Schlange vor Jessens Laden, alles Schwarze. Einer kam zu mir und sagte „old lady“. Dann griff er meinen Arm und führte mich nach vorn zum Ladentisch, wo ich als Erste meine Brötchen bekam. Es sind wirklich freundliche Menschen.

Hedda fand das Festival nun doch ganz erträglich, der Lärm war gerade noch auszuhalten und die jungen Leute kamen ihr schicklich vor, eben nur dass sie schwarz aussahen. Zum Wattenmeer wollte sie lieber nicht mehr fahren.

Nach der lauten Nacht kehrte das ruhige Leben ins Dorf zurück. Die schwarzen Heerscharen spazierten die Straße rauf und runter, belagerten Willys Kolonialwarenladen, standen vor den Automaten der Sparkasse Schlange, bis das Geld ausging und der Direktor, mit Polizeischutz, versteht sich, in die Stadt fahren musste, neues Geld zu holen. Sie bevölkerten auch den Friedhof, saßen dort auf Bänken und studierten die hundert Jahre alten Grabsteine. Für halb zwölf war Oma Möllers Beerdigung angesagt, konnte wegen der Wärme auch nicht auf die Zeit nach dem Festival verschoben werden. Also läutete Rathje, wie es sich gehörte, die Totenglocke. Dem Sarg folgten viele Menschen, und alle waren schwarz.

Schlag zwölf Uhr fiel Rudi in seiner Bretterbude um. Das kam nicht von der Hitze, sondern vom Bier. Grete musste nun neben Kaffee auch Bier ausschenken und Brötchen verkaufen, denn wenn der Mensch ein Geschäft angefangen hat, muss er es bis zum Ende durchhalten und kann nicht einfach umfallen.

Während Rudi unter dem Apfelbaum schlief, zogen die Schwarzen zur Badeanstalt, um etwas für die Reinlichkeit zu tun. Sechstausend sollen im Wasser gewesen sein, aber keiner ist davon weiß geworden. Dem Hörensagen nach sind einige Mädchen nackt vom Drei-Meter-Brett gesprungen. Bezeugen konnte es keiner, weil der Bademeister bei solchen Unanständigkeiten gar nicht hinsieht.

Haarschneider Schnelle wollte auch an dem Festival verdienen, stellte Stuhl und Spiegel vor die Tür und hoffte, einige Schwarze würden sich die Haare schneiden, schön in Streifen legen oder ondulieren lassen. Aber keiner kam. Diese Sorte Mensch kann die Haare nicht lang genug haben; auch die Mädchen halten es mehr mit der Länge als mit der Kürze, und wirres Haar gehört nun mal zum Festival.

Ich werde auch einen Stand aufmachen, sagte Kuddel nach dem Mittagessen.

Du bist wohl ganz und gar dösig, Karlheinz! rief Hedda. Was um Himmels willen willst du verkaufen?

Die guten landwirtschaftlichen Produkte: Buttermilch, Quark und entrahmte Frischmilch.

Meinst du, davon werden die Schwarzen weiß?

Sie redete und redete, bis er das Milchgeschäft aufgab. Er konnte auf die Schnelle auch nicht genug Milch besorgen, weil die Kühe nach lärmigen Nächten weniger geben, wenn überhaupt.

Am Nachmittag setzten sie sich auf die Bank im Vorgarten und sahen dem Vorbeimarsch der Schwarzen zu. Alle deutschen Lande waren vertreten und Europa bis zum Ural. Buenos días! riefen sie und winkten über den

Zaun. Moin, moin, gab Kuddel zurück. Da lachten sie. Einige knipsten die beiden, wie sie so Hand in Hand auf der Gartenbank saßen. Die Bilder werden sie mitnehmen in ihre fernen Länder, dort zur Erinnerung an die Wände heften und drunter schreiben: So sehen die Menschen in Wacken aus.

Vom Körperbau her waren sie sehr verschieden. Einige sahen aus wie die Wikinger mit roten Köpfen und grauen Bärten; mit denen konntest du einen Ochsen aufs Kreuz legen. Andere schritten fein und sinnig daher, hatten Stöpsel im Ohr und blickten auf zu den Wolken, aus denen Musik rieselte. Die Mädchen waren meist gut gewachsen, nur ihre groben Stiefel passten mehr in den Kuhstall als zum Festival.

Si, si, Señor! riefen sie und Yes, we can!

Richtige Neger waren nicht unter ihnen.

Schwarze Haut und schwarze Kleidung passen nicht zusammen, meinte Hedda. Die richtigen Schwarzen tragen lieber weißes Zeug.

Es erschien eine junge Frau, die kam aus Aberdeen und wollte sich bloß mal im Schatten des Apfelbaums ausruhen. Hedda lief gleich los und holte ihr eine Decke. Kaum lag sie im Gras, war das Mädchen aus Aberdeen eingeschlafen. Als auf Hinnerks Wiese der Lärm anfing, wachte die Deern auf und rannte zum Festplatz.

Es ergab sich, dass im Vorgarten zwei Zelte aufgebaut werden mussten. Die jungen Leute sagten, auf Hinnerks Wiese könnten sie nicht mehr unterkommen. Also ließ Hedda sie auf der Stelle zelten, an der im März die Schneeglöckchen blühen. Dafür sangen sie ihr abends das Landsknechtslied „Im Tale standen ihre Zelte“, und Hedda schickte sie in die Badestube zum Reinigen.

So bekommt jeder, was er haben will.

Gerda Suhr fand auf dem Festival einen Bräutigam, mit dem sie im Dorf auf und ab spazierte. Obwohl rothaarig, gehörte er zu den Schwarzen, hieß mit Vornamen Eric und kam von den norwegischen Fjorden. Als Gerda ihn fragte, ob er die laute Musik gern mag, antwortete er: Ich komm man bloß in euer Dorf, weil das Bier hier billiger ist als in old Norway.

So bekommt jeder, was er haben will.

Schließlich besuchte Kuddel seinen Freund Hinnerk. Der hatte sich mächtig verändert, weil er der Chef vom Ganzen war und ihm der Acker gehörte, auf dem Schwermetall sich austobte.

Wenn das man gut geht, sagte Kuddel. So viel Schwermetall kann deine Wiese nicht vertragen, und die Kühe werden es auch nicht aushalten.

Hinnerk lachte nur und sagte, er brauche keine Kühe mehr, weil er vom Festival reich geworden sei. Für jedes Zelt bekommt er bares Geld. Hinter seiner Scheune stehen an die dreißig Duschen. Da können die, denen der Weg zur Badeanstalt zu weit ist, sich für fünf Euro reinigen. Sie tun es nackt unter freiem Himmel, sodass Hinnerks Kühe auch etwas davon haben.

An den Festivaltagen fuhr Hinnerk in einem Auto ohne Dach zwischen den Zelten spazieren. Es sah aus wie in den Kriegsfilmen, wenn der General stehend mit ausgestrecktem Arm an seinen Soldaten vorbeifährt. Auf so eine Tour nahm er Kuddel mit.

Komm, ich will dir meine Wiese zeigen! rief Hinnerk und sprang in den Wagen.

Er kurvte zwischen den Zelten hin und her, die Schwarzen sprangen auf und begrüßten ihn mit Geschrei, Hinnerk legte die Hand an die Mütze wie Rommel in der Wüste.

Wir besuchen die Firefighters, sagte er. Weil die Schwarzen auch mal etwas von unserer Kultur erfahren wollen, haben wir die Feuerwehrkapelle beauftragt, ein paar Lieder einzustudieren und auf dem Festplatz zu Gehör zu bringen. Nach Schwermetall kann kein Mensch tanzen und singen, aber wenn unsere Feuerwehr „Rosamunde" spielt, bekommen die Schwarzen glasige Augen.

Die Musikmacher von der Feuerwehrkapelle kannte Kuddel alle. Sie kamen ihm etwas verängstigt vor, weil sie eingekreist von ein paar Tausend Schwarzen wie verschiechert auf der Bühne saßen. Bedächtig fingen sie an mit dem Kufstein-Lied, verloren sich ins Militärische und spielten „Alte Kameraden", was den Schwarzen nicht so recht zupasskam. Weil das Festival international ist, hatten die Firefighters auch ein paar ausländische Stücke eingeübt, sie spielten die „Rose vom Wörthersee" und das Lied vom Zuckerhut. Aber richtig rund ging es erst mit „Rosamunde". Alle sangen mit, klatschten in die Hände, einige kletterten auf Tische und Bänke und ließen sich wie Langholz über die Köpfe schieben. Wenn sie vorn die Bühne erreichten, griffen ein paar kräftige Männer zu und stellten sie wieder auf die Beine. Die Firefighters versuchten es danach noch mit „Einmal am Rhein", aber die Schwarzen wollten immer nur „Rosamunde" hören. So spielten sie siebzehn Strophen, bis Hinnerk auf die Bühne kletterte und sagte: Nun ist genug mit „Rosamunde“, die Deern muss zu Bett. Unsere Feuerwehr spielt euch noch den „Hamburger Veermaster“, dann habt ihr Pause, bis Schwermetall anfängt.

Als Kuddel nach Hause kam, sang Hedda auch „Rosamunde“. Das Mädchen aus Aberdeen hatte bei ihr ans Fenster geklopft und gefragt, ob sie ihre Unterwäsche reinigen darf.

Ja, sauber sind sie, die jungen Deerns, stellte Hedda fest. Und zum Dank hat sie ihr nach der Reinigung „Rosamunde“ vorgesungen.

So bekommt jeder, was er haben will.

In der Nacht zum Sonntag erreichte Schwermetall seinen Höhepunkt. Bis zwei Uhr morgens tobten die Schallwellen die Dorfstraße rauf und runter. Aber plötzlich war es so mausestill, dass du die Nordseebrandung hören konntest. Bei Sonnenaufgang brummten die ersten Autos von den Zeltplätzen, die Schwarzen suchten das Weite. Und was ließen sie zurück? So muss es nach der Völkerschlacht von Leipzig ausgesehen haben. Zelte lagen im Dreck, hier stand ein altes Sofa, da ein Kinderwagen, überall qualmten die Grillfeuer. Ein paar Schwarze taumelten hin und her, eine Decke unter dem Arm, die Stiefel zusammengebunden über der Schulter. Die wussten nicht, wo es langgeht.

Bald trafen die ersten Leute aus dem Dorf auf dem Schlachtfeld ein. Sie sammelten Flaschen und Dosen in Säcke, um am Pfandgeld reich zu werden. Andere starrten zur Erde, weil sie hofften, hier und da eine Mark zu finden.

Um acht Uhr rückte Hinnerk an, wieder wie Napoleon im Jeep stehend, aber diesmal nicht als General der Sechzigtausend, sondern als Führer der Aufräumbrigade. Gut hundert Mann wollten sich ein Stück Geld an diesem Festival verdienen, indem sie den Müll zu Bergen zusammenkratzten.

Um neun Uhr kurvten die ersten Lastwagen über die Wiese, luden den Dreck auf und brachten ihn zur Mülldeponie irgendwohin. Gegen Abend war der Acker wieder sauber, Hinnerk stieg auf seinen Trecker und pflügte das Schlachtfeld um.

Da liegt zu viel Schwermetall in der Erde, sagte Kuddel, aber Hinnerk lachte nur.

Das bisschen Schwermetall hat der Wind längst zur Nordsee getragen!

Er wollte rechtzeitig Gras einsäen, damit seine Kühe auch etwas haben von dem Festival. Und im nächsten Jahr geht es wieder rund, da kommen alle wieder. Unser Festival ist weltberühmt, wusste Hinnerk. Sogar die Chinesen haben angerufen und nach Eintrittskarten gefragt. Zum Schluss erzählte Hinnerk die Geschichte von dem Jungen von Gesa Hansen. Der ist mit einem Flieger über Amerika geflogen. Wie er so dasitzt, kommt er mit einem jungen Amerikaner ins Reden. Ob er schon mal Deutschland besucht hat? fragt er ihn. Hatte er nicht. Oktoberfest wäre doch ganz schön, oder Karneval am Rhein oder Heidelberg.

Nee, hat der Amerikaner gesagt, wenn ich überhaupt mal nach Deutschland fahre, werd' ich das Festival von Schwermetall in jenem Dorf besuchen, wo die Holsteiner Kühe zu Hause sind.

So bekommt jeder, was er haben will.

Das Gerüst, das sie Bühne nannten, ragte noch ein paar Tage in den Himmel. Die Badeanstalt wurde abgelassen und frisch aufgefüllt mit klarem Quellwasser. Gabriele machte wieder Gottesdienst in hochdeutscher Sprache, und Rathjens Glockengebimmel war bis St. Margareten zu hören. Während das Dorf sich beruhigte, zählten Jörn-Jakob, unser Krugwirt, Bäcker Jessen und Hinnerk ihr Geld. Als Hinnerk genug gezählt hatte, fuhr er über die Berge in die Ewige Stadt. Der Papst segnete ihn, und Hinnerk lud ihn ein, im nächsten Jahr zu Open Air nach Holstein zu kommen, kostenlos, versteht sich.

Das lass man, sagte der Heilige Vater. Für diese Art weltliche Freuden bin ich schon zu alt.

Er segnete ihn noch einmal, und Hinnerk versprach, ein zehn Meter hohes Holzkreuz aus kerniger deutscher Eiche auf die Festwiese zu stellen. Den Firefighters wollte er Bescheid geben, sie sollten den Choral „Nun danket alle Gott“ spielen. So kam der liebe Gott endlich auch zu Open Air nach Wacken.

Die Stradivari von Möntana

So lange die Menschen zurückdenken konnten: Es hatte sich nie etwas Aufregendes in Osterdiek zugetragen. Nicht einmal die Engländer waren nach dem Krieg ins Dorf gekommen, die Sturmfluten tobten sich ein gutes Stück weiter westlich aus, ab und zu fiel ein Baum um, weiter nichts. Naja, als um die Osterzeit 47 fünf Wagenladungen mit Flüchtlingen Einzug hielten, war es ein bisschen aufregend von wegen der Verteilung. Wer nimmt die mit Kindern, und wer nimmt die Alten? Mit den Flüchtlingen kam auch eine Frau Beske, von der die Leute im Dorf sagten, sie warte auf ihren Mann, den der Krieg nach Amerika verschlagen habe. Einen Jungen brachte sie auch mit. Der Mann ließ nicht lange auf sich warten, schon 1948 schickten die Amerikaner Bruno Beske zurück nach Old Germany. Die drei zogen in Willers Altenteilerkate am Ende des Dorfes, wo die Straße im Moor endet.

Der Junge ging zur Schule, lernte ganz tüchtig und fand Anstellung bei einer Rendsburger Sparkasse, wo er mit Geld umzugehen wusste. Bruno Beske arbeitete in der Landwirtschaft, die Frau war die meiste Zeit kränklich und starb, noch bevor das Vaterland vereinigt wurde. Der Mann blieb allein in seiner Kate vor dem Moor, um ihn ein Hund und etwas Federvieh. Er war auch im Alter gut zu Fuß und klar im Kopf, verstand sogar etwas Englisch, weil er zwei Jahre im fernen Montana zugebracht hatte. Abends saß er gern auf der Bank vor seiner Kate und spielte Mundharmonika.

Aber dann fing die Aufregung an. Sie zeigte sich an einem Nachmittag, als ein junger Amerikaner in Osterdiek Einzug hielt. Alle rätselten, wie es den von Montana in das holsteinische Dorf verschlagen hatte. Einige meinten, er gehöre zu den Mormonen, die gern von Tür zu Tür gehen, um die Menschen zum rechten Glauben zu bekehren. Aber dieser war ein lustiger Kerl, der kein Wort Deutsch verstand und nur mit Händen und Füßen redete. Er hieß Jerry Miller und gab sich als Student aus. Der Lehrer von Osterdiek, der etwas Englisch reden konnte, sprach mit ihm und erfuhr von einem besonderen Auftrag, mit dem seine Vaterstadt Billgrove ihn nach Europa geschickt hatte. Einen gewissen Bruno Beske sollte er ausfindig machen. Seinen Namen hatten sie in Billgrove auf einer Liste gefunden, als der Krieg zu Ende gegangen war. Die Stadt Billgrove fragte die deutsche Botschaft in Washington, ob es diesen Bruno Beske in Old Germany noch gebe, man brauche ihn für die Hundertjahrfeier. Ein halbes Jahr dauerte es, bis sie ihn gefunden hatten. Er war einundachtzig Jahre alt, lebte in dem Dorf Osterdiek und erfreute sich bester Gesundheit.

Ob der alte Bruno in Amerika etwas Schlimmes angestellt hat? fragten sich die Leute. Einige munkelten auch von einer Erbschaft. Die meisten Amerikaner sind ja reiche Leute und haben Verwandtschaft in Europa. Ab und zu setzen sie Anzeigen in die Zeitung, in denen Erben gesucht werden für ein großes Vermögen in Texas oder Oklahoma.

Der Name Billgrove war Bruno Beske nicht fremd. Als er hörte, dass Jerry Miller über den Ozean gekommen sei, um Männer ausfindig zu machen, die in den Jahren 43 bis 46 im Gefangenenlager von Billgrove gelebt und gearbeitet hatten, wusste er gleich Bescheid. Also dieses Billgrove wollte hundertjähriges Bestehen feiern, für amerikanische Verhältnisse eine verdammt lange Zeit. So recht was Aufregendes war in den hundert Jahren bei denen auch nicht passiert, nur dass Billgrove ein POW-Camp an der Interstate nach Norden gehabt hatte. Wo waren die vielen Gefangenen geblieben, die hier drei Jahre gelebt hatten?

„Da kenn ich mich aus", sagte Bruno Beske zu Jerry Miller. „Wir haben im Wald gearbeitet und eine Straße nach Greens gebaut."

Als die Gefangenen abzogen, versank das Lager in der Einöde, bei Jerry Millers Geburt gab es keine Spur mehr von einem POW-Camp. Nur alte Leute erinnerten sich der Germans und wussten auch, dass die Einwohnerzahl des kleinen Dorfes mit den Gefangenen schlagartig auf über tausend gestiegen war, sodass Billgrove zur Stadt befördert werden konnte.

Jerry Miller schaltete sein Aufnahmegerät ein, während Bruno Beske die Umrisse des Camps auf einen Bogen Papier zeichnete.

„Blockhütte neben Blockhütte, ungefähr vierzig Stück. In der Mitte ein größerer Bau, auch aus Holz. Das war die Küche, dahinter lagen die Waschräume. Von der Küche führten Holzstege, ein Yard hoch, zu den Hütten. Ohne die Holzstege wären wir im Winter, wenn der Schnee meterhoch lag, nicht in die Küche gekommen.

Die Hütten beheizten wir mit Holz, das wir von der Arbeit aus dem Wald mitbrachten; die ganze Gegend bis nach Greens hinauf war ja reinster Urwald."

„Leider ist keine Hütte erhalten geblieben", bedauerte Jerry Miller. „Auf dem Platz des Camps bauten sie später einen Supermarkt mit Tankstelle. Die Planierraupen schoben die Hütten auf einen Haufen, und das German POW-Camp endete an einem Freitag, dem 4. Juli, in einem Riesenfeuer. Ein Foto von dem Feuer gibt es, es wird auf der Hundertjahrfeier gezeigt werden, aber sie hätten eine Hütte stehen lassen sollen zur Erinnerung an die Kriegsgefangenen."

„Das Essen war gut", sagte Bruno Beske. „Zum Kriegsende hin wurde es schlechter, weil die Küche uns für das bestrafte, was die Deutschen in Bergen-Belsen angerichtet hatten. Da gab es nur noch halbe Rationen."

Er zeichnete eine Straßenkreuzung aufs Papier.

„Als wir ankamen, war Billgrove weiter nichts als eine Kreuzung in der Wildnis, neben der ein paar Holzhäuser und eine Kirche standen, die war auch aus Holz."

„Gab es elektrisches Licht?"

„Mehr als genug", antwortete Bruno Beske und lachte. „Unser Camp war Tag und Nacht erleuchtet, nicht weil sie Angst hatten, wir könnten über den Zaun klettern. Das Licht sollte die Schwarzbären vertreiben, die nachts zu Besuch kamen und die Abfalltonnen hinter der Küche durchwühlten."

Jerry Miller fragte, wie die Gefangenen nach Billgrove gekommen waren.

„Von Palermo mit dem Schiff über den Ozean bis New York. Von dort mit der amerikanischen Eisenbahn westwärts zu einer Stadt, die Bismarck hieß. Wir dachten, wir kommen nach Hause, weil der alte Bismarck doch einer von uns gewesen ist. Aber von dort ging es weiter mit Lastwagen bis zu der Straßenkreuzung in der Wildnis. Es hieß, in dem Camp hätten früher die Holzfäller gehaust."

Die Vorgeschichte als Holzfällercamp fand Jerry Miller bemerkenswert. Also waren die ersten Siedler von Billgrove Holzfäller gewesen.

Bruno Beske zeichnete den Fußballplatz, für den sie damals ein Stück Wald gerodet hatten.

„Heute liegt da unser Friedhof", erklärte Miller. Er wollte wissen, ob die Gefangenen richtige Fußbälle gehabt hätten.

„Neben Kost und Logis bekamen wir jede Woche ein paar Dollars. Ein Store, direkt gegenüber der Kirche, führte allen möglichen Krimskrams, da kauften wir Tabak und Fußbälle. Für die, die Fußball nicht mochten, gründeten wir einen Gefangenenchor. Unsere Sänger schmetterten ‚Im Krug zum grünen Kranze' und ‚Hoch auf dem gelben Wagen' in den Wald von Billgrove. Bald kamen die Leute aus dem Dorf und hörten sich die deutschen Volkslieder an, sie spendierten uns Bier aus Milwaukee und einen Sack mit Maiskolben."

Er kam nun aufs Theater zu sprechen und den Versuch, Goethes „Faust" im Busch aufzuführen.

„Ein Textbuch war nicht aufzutreiben, aber zu uns gehörte ein Leutnant Kessel, der kannte das Stück auswendig bis zu der Stelle, wo das Gretchen verführt wird. Kessel spielte den Geheimrat Goethe, saß auf einem Stuhl vor der Bühne und sagte vor, wenn Mephisto nicht weiter wusste. Als Gretchen trat ein dicker Unteroffizier auf, dem wir im Store eine Perücke gekauft hatten."

„Haben Sie mitgespielt?"

„Die Schauspielerei lag mir nicht so, ich hab' lieber Musik gemacht", sagte Bruno Beske und erzählte, wie er mit zwanzig zusammengesparten Dollars zum Storekeeper gegangen war und ihn gebeten hatte, eine Geige zu besorgen.

„Am besten eine Stradivari, habe ich ihm gesagt. Da lachten wir beide. Er ließ die Geige aus jener Stadt kommen, die den Namen des deutschen Reichskanzlers angenommen hatte, und ich zählte ihm die zwanzig Dollar auf den Holztisch. Den Kameraden gefiel mein Geigenspiel anfangs nicht, also musste ich in den Wald gehen, um den Schwarzbären vorzuspielen. Später gaben wir ein richtiges Konzert, trauten uns sogar in die Kirche und spielten ‚Vom Himmel hoch'. Das hat den Leuten von Billgrove gefallen."

„Besitzen Sie noch Gegenstände aus jener Zeit?", fragte Jerry Miller.

Bruno Beske erhob sich und warf einen prüfenden Blick ins Innere seiner Kate.

„Die Waldarbeiterstiefel haben nicht lange gehalten, meinen Rucksack fraßen die Motten, aber etwas ist doch geblieben."

Er stieg auf eine Leiter und holte vom Kleiderschrank eine Plastiktüte, pustete den Staub ab und legte sie vor Jerry Miller auf den Tisch.

„Das ist meine Stradivari für zwanzig Dollars."

Er packte das Instrument aus, zupfte an den Saiten.

„Ich weiß nicht mehr, wie es geht", bedauerte er.

Jerry Miller betrachtete das alte Stück voller Ehrfurcht.

„Hört sich gut an", sagte er.

„Nur der Fidelbogen hat es nicht überlebt", erklärte Bruno Beske. „Den hat ein Sturm vor Le Havre in Stücke gerissen."

„Wie ist die Geige von Billgrove nach Europa gekommen?"

„So wie die Gefangenen von Amerika nach Europa gekommen sind, per Schiff. Im Herbst 47 bestiegen wir in Boston einen Liberty-Frachter, die Geige immer dabei. Kaum an Land, brachten sie uns in ein französisches Gefangenenlager, auch das hat die Geige überlebt. Als wir über den Rhein fuhren, sahen wir, wie Old Germany zugerichtet war, am liebsten hätte ich die Geige in den Fluss geworfen. Aber ich behielt sie bis zu unserer Entlassung. Hast du sie so weit getragen, nimmst du deine Stradivari auch mit nach Hause, dachte ich mir."

Nur sein Zuhause gab es nicht mehr. Das war weit im Osten hinter dem Horizont verschwunden, und Bruno Beske machte sich auf den Weg, seine Frau und den Jungen zu suchen. Es dauerte ein Vierteljahr, bis er sie in Osterdiek gefunden hatte.

„Es wäre eine Sensation, wenn wir auf der Hundertjahrfeier die Stradivari von Montana ausstellen könnten!", rief Jerry Miller.

Bruno Beske schob das Instrument über den Tisch. „Kannst sie haben, ich spiel doch nicht mehr."

Miller wollte ihm zwei Zehndollarscheine in die Hand drücken als Ausgleich für die zwanzig Dollar, die er damals dem Storekeeper gegeben hatte.

„Das lass' man", sagte Bruno Beske. „Meine Stradivari ist unverkäuflich, aber ich schenk sie dir, damit du nicht umsonst über den großen Teich nach Osterdiek gekommen bist."

Sie standen noch eine Weile vor der Kate am Dorfteich. Jerry Miller erzählte von den Wäldern und der klaren Luft im Winter, und Bruno Beske von der Seekrankheit, die ihn auf der Hinfahrt gerade vor Neufundland überfallen hatte und auf der Rückreise wieder, als er Europa zu Gesicht bekam.

„Das passiert einer Geige auch nicht alle Tage, dass sie zweimal über den Ozean gefahren wird", sagte er.

Zur Feier des hundertsten Geburtstages schickten sie ihm eine Einladung. Als Ehrengast sollte er nach Billgrove kommen, sie wollten ihm die Flugkosten bezahlen und eine gute Unterkunft beschaffen.

Bald lief das Gerücht durch Osterdiek: Der Bruno fährt nach Amerika!

„Das musst du annehmen", rieten ihm die Leute. „Vielleicht reicht dir der amerikanische Präsident die Hand."

Aber Bruno Beske wusste nicht recht, wohin mit dem Hund und dem Geflügel. Deshalb schrieb er zurück, er werde lieber in Osterdiek bleiben und zum Ehrentag an Billgrove in Montana denken.

Später kam eine Urkunde, die ihn als Ehrenbürger auswies. Ein Foto war auch dabei. Es zeigte eine nachgebaute Holzhütte, davor einen bärtigen Mann mit einer Geige. Die Bildunterschrift lautete: „The Stradivari of Billgrove".

Assi und Tull

Es gibt Tage, da kreisen die Gestirne in immer engeren Bahnen umeinander, jedermann erwartet einen Zusammenprall, aber plötzlich, wie von Geisterhand bewegt, entfernen sie sich wieder, und das Leben geht seinen gewohnten Gang. Ein solcher Tag war der 21. November 1953, als die norwegische Fußballnationalmannschaft zu einem Qualifikationsspiel um die Teilnahme an der Fußballweltmeisterschaft in Hamburg eintraf. Ein Tag ohne Sonne.

Tull hatte von dem Spiel, das am Sonntag, dem 22. November, im neu erbauten Volksparkstadion stattfinden sollte, in der Zeitung gelesen. Eine Woche vor dem Ereignis erhielt er einen Brief des Fußballverbands mit einer Eintrittskarte für das Spiel und einer Einladung zum Festbankett im Haus des Sports am Abend vor dem Spiel. „Wegen seiner Verdienste um die Nationalmannschaft und den Fußball in Hamburg", hieß es in dem Schreiben.

Er wusste nicht, ob er hingehen sollte. Zum Spiel schon, aber das Festbankett würde ihn mit allen zusammenführen, die ihn kannten und die Fragen zu stellen hatten wegen seiner Vergangenheit. Der Fußball interessierte ihn immer noch, er besuchte die Oberligaspiele am Rothenbaum, gelegentlich tauchte er am Viktoriaplatz auf. Das Länderspiel gegen Norwegen bedeutete ihm mehr. Ausgerechnet Norwegen. Es gab eine dunkle

Geschichte, die er vergessen hatte, die aber doch in gewissen Abständen aus der Vergangenheit auftauchte und ihn bewegte. Ausgerechnet Norwegen. Ob die anderen die Geschichte auch vergessen hatten? Ob sie ihn wieder aufnehmen wollten? Vor acht Jahren war der Krieg zu Ende gegangen, nun kam eine Mannschaft aus dem im Krieg besetzten Norwegen, um in dem vom Krieg zerstörten Hamburg Fußball zu spielen.

Vom Organisationskomitee rief eine Frau an und fragte, ob er kommen werde. Der Generalsekretär des norwegischen Fußballverbands Halvorsen werde auch dabei sein. Sie wollten eine Begegnung der alten Fußballfreunde Assi Halvorsen und Tull Harder arrangieren und sie bei dem Festbankett an einen Tisch setzen. Sie hätten sich bestimmt viel zu erzählen.

Besser wäre Schweigen, dachte Tull, aber er sagte zu, zum Festbankett zu kommen und auch zum Spiel am Sonntagnachmittag.

Die trüben Tage des Novembers machten alles noch viel düsterer. Schon am späten Nachmittag stand er an der U-Bahn-Treppe und blickte hinüber zum Haus des Sports. Als der Bus mit den Norwegern vorfuhr, versuchte er, Assi ausfindig zu machen, konnte ihn aber in der Menschenmenge nicht erkennen. In seiner Erinnerung war Assi ein kleiner Mann, aber ein großer Fußballspieler.

Er wartete, bis es dunkel wurde. Nur nicht zu früh erscheinen, dachte er. Worüber sollten sie auch reden? Über die alten Spiele, die alten Tore oder die Zeit danach? Schweigen wäre besser. Es gibt wirklich Dinge, über die man niemals reden sollte.

Die Gäste hatten schon Platz genommen, als Tull den Saal betrat. Ihm kam es vor, als verstummten die Gespräche, alle starrten ihn an. Die Frau, die ihn angerufen hatte, führte ihn zum Tisch der Norweger.

Da saß er, der kleine, große Assi. Er erkannte Tull sofort, erhob sich und streckte seine Hand aus. Ein Fotograf kam angerannt und hielt die Szene fest: „Assi und Tull beim Händedruck“, werden die Montagszeitungen unter das Bild schreiben.

„Wir wollen anstoßen auf das Wiedersehen“, sagte die Frau, die sie zusammengebracht hatte. Sie winkte der Bedienung zu, ein Kellner brachte zwei gefüllte Gläser. Es klirrte. Wieder Blitzlicht. Tull kam es vor, als wenn einige an ferneren Tischen klatschten.

Sie saßen sich gegenüber und wussten nicht, was sie sagen sollten.

„Wir sind beide verdammt alt geworden“, stellte Assi fest.

„Die Haare gehen aus, weil wir zu viel mit dem Kopf gespielt haben“, antwortete Tull.

„Ich spiele nur noch Feierabendfußball“, sagte Assi. „Für mehr reicht die Pumpe nicht.“

Er zeigte auf die linke Brustseite und rechnete aus, dass sie beide zusammen über hundert Jahre alt sein müssten.

„Wir haben verdammt viel mitgemacht in der ersten Hälfte des Jahrhunderts“, sagte Assi. „Kein Wunder, dass die Knochen morsch sind und das Herz nicht mehr so schlägt wie früher.“

Nach der Suppe hielt der Präsident eine Rede, in der er das gute sportliche Verhältnis zwischen den beiden

Ländern beschwor, das auch die schrecklichen Kriegsjahre heil überstanden habe. Am Schluss erwähnte er die alten Fußballfreunde, die sie an diesem Abend zusammengebracht hätten, den Generalsekretär des norwegischen Fußballs, der viele Jahre als Mittelläufer am Rothenbaum gespielt hatte, und dessen Mittelstürmer Tull.

Nun klatschten sie wieder. Die beiden mussten aufstehen und sich noch einmal die Hände schütteln, wieder mit Blitzlicht und Fotografen.

Sie wollen dich wieder aufnehmen, dachte Tull. Sie wollen die traurige Geschichte vergessen. Es soll alles so werden wie früher.

Auch Assi schlug ans Glas, um eine Rede zu halten. Es sei ihm eine besondere Freude, seinen alten Tull wiederzusehen. Über zehn Jahre hätten sie zusammen gespielt; er hätte die Vorlagen gegeben und Tull die Tore geschossen.

„Wir wurden zweimal deutscher Meister, worauf ich immer stolz gewesen bin. Deutscher Meister ist mehr als norwegischer Meister."

Du musst nun aufstehen und auch etwas sagen, ging es Tull durch den Kopf. Sagen, dass es dir leid tut. Du musst dich bei Assi entschuldigen für alles, was in dem verdammten Krieg geschehen ist. Aber er brachte es nicht über sich. Er erwähnte nur die tausend Tore, die er für den HSV geschossen hatte; wohl an der Hälfte sei Assi beteiligt gewesen.

„Einen Mittelläufer wie den gibt es nie wieder!", rief er in den Saal.

„Als ich 1933 nach Norwegen reiste, hast du fast den Zug verpasst", sagte Assi und lachte.

„Ich dachte, ein Norweger fährt mit dem Schiff nach Hause, und wartete an den Landungsbrücken. Als ich endlich am Hauptbahnhof ankam, hingst du schon aus dem Fenster und die Lokomotive stand unter Dampf."

Nach dem Essen kam Herberger an ihren Tisch, um über die alten Fußballtage zu plaudern, als sie um die deutsche Meisterschaft gespielt hatten. Er erwähnte das 2:0 Norwegens im Berliner Poststadion bei der Olympiade 1936. Als das zweite Tor fiel, war ein Mann in brauner Uniform, der in der Ehrenloge saß, erregt aufgesprungen und hatte wutentbrannt das Stadion verlassen.

„Wir hätten noch ein drittes Tor schießen sollen", sagte Assi lachend. „Dann hätte den braunen Herrn der Schlag getroffen, und der Welt wäre vieles erspart geblieben."

Sie standen in Gruppen zusammen, rauchten, nippten an Sektgläsern, sprachen von der alten Freundschaft zwischen Norwegen und Deutschland und über das Spiel am kommenden Tag. Sogar die Herren vom Fußballverband klopften ihm auf die Schulter.

„Du bist wieder da, alter Tull", sagte einer.

Trotz der heiteren Stimmung kam es ihm vor, als hinge etwas Düsteres im Raum, etwas Unaussprechliches, das sich entladen wollte. Er trat mit Assi vors Haus. Sie standen schweigend an der Kreuzung und blickten in die dunklen Straßen.

„Kannst du mir die Stadt zeigen?", fragte Assi. Er wollte zum Hafen, zur Reeperbahn, vor allem aber zum Stadion an der Rothenbaumchaussee.

„Viel gibt die Stadt nicht her", antwortete Tull. „Überall liegen noch Trümmer herum."

„Haben die Bomben auch das Stadion getroffen?"

Tull lachte. „Die Engländer haben den Fußball erfunden, die bombardieren keine Stadien."

Vom Hafen her wehte ein kühler Wind, Sprühregen nässte die Trümmerstraßen. Kein gutes Wetter für das Spiel Deutschland gegen Norwegen.

Schweigend machten sie sich auf den Weg zum Dammtorbahnhof, bogen dort links ab in die berühmte Straße, die zum Stadion führte. Ob er alles weiß? fragte sich Tull. Ob sie es ihm erzählt haben, auch das, was hier im Curio-Haus geschehen ist?

An der Moorweide fand Assi die Bank, auf der er eine Nacht zugebracht hatte. War wohl nach einem großen Sieg.

„Was machst du beruflich?", fragte Assi.

„Ich verkaufe Versicherungen."

Das hielt Assi für einen anständigen Beruf, nicht so aufregend wie Fußballspielen, aber immerhin solide.

„Ich lebe immer noch vom Fußball, aber nur als Sekretär am Schreibtisch."

Vor dem Curio-Haus blieb Tull stehen.

„Da haben wir früher getanzt", sagte Assi.

„Im Krieg war Tanzen verboten", erwiderte Tull.

Ja, im Krieg. Nun waren sie bei dem Thema, das alles durcheinandergebracht hatte.

Sie standen vor dem erleuchteten Gebäude, als erwarteten sie etwas Aufregendes. Jeder dachte sich seinen Teil, der eine an Tanzen, der andere an ein Urteil, das in englischer Sprache und danach in deutscher Übersetzung verkündet worden war. Tull kam es vor, als flute eine Brandungswelle die Straße herab.

„Bist du nach der Olympiade 36 noch einmal in Deutschland gewesen?“, fragte Tull.

„Ja, im Krieg.“ Assi machte eine lange Pause, bevor er hinzufügte: „Es war nicht der Rede wert.“

„Wo bist du gewesen?“

„In Natzweiler, das liegt ziemlich nahe an Frankreich.“

Die Welle kam näher, sie überflutete den Bürgersteig, klatschte gegen die Bäume und drohte, ins Curio-Haus einzudringen.

„Du weißt, ich war immer ein Freund der Deutschen“, sagte Assi. „Auch gegen die Braunen hatte ich nichts, bis sie unser Land überfielen und es mit den Säuberungen und Verhaftungen anfing. Da hab’ ich den Mund aufgemacht und gesagt: Ich finde das nicht in Ordnung. Sie sperrten mich ein und brachten mich nach Deutschland.“

„Haben Sie dich ordentlich behandelt?“, fragte Tull.

„Die meisten Wachleute kannten sich aus im Fußball. In ihrer Freizeit veranstalteten sie Spiele auf dem Appellplatz, manchmal auch gegen eine Gefangenenmannschaft.“

„Du hast mit ihnen Fußball gespielt?“, wunderte sich Tull.

„Sie wussten, dass ich mit dir mehrere deutsche Meisterschaften gewonnen hatte. Einige sprachen mich an und sagten, sie hätten mich am Rothenbaum gesehen.“

Die Brandungswelle ebbte ab und verlief sich zum Dammtorbahnhof hin. Assi kletterte auf seine Bank und machte Anstalten, ein Lied zu singen, ein Lied aus jener

Zeit, als sie gemeinsam deutsche Meisterschaften gewannen.

Er weiß nichts von dem, was ich in den verdammten zwölf Jahren gemacht habe, dachte Tull. Ich muss es ihm sagen.

Sie rauchten eine Zigarette, bevor sie sich auf den Weg zum Stadion machten.

„Tull wird dich rausholen, hab' ich immer gedacht. Wenn der hört, was sie mit seinem Mittelläufer angestellt haben, kommt er vorbei und bringt die Sache in Ordnung."

„Ich hab' es nicht gewusst", sagte Tull.

„Ich schrieb auch Briefe an den Verein. Zehn Jahre habe ich für euch gespielt, nun könnt ihr auch etwas für mich tun. Aber sie antworteten nicht. Ich glaube, solche Briefe durften gar nicht das Lager verlassen."

Sie näherten sich der Stadionrückseite, einer schwarzen Wand, fast so hoch wie die Türme der Johanniskirche.

„Sieht aus wie eine Ruine", sagte Assi.

„Wie bist du aus dem Lager rausgekommen?", fragte Tull.

„Kurz vor Kriegsende brachten sie die norwegischen Gefangenen nach Norddeutschland. Bevor wir über die dänische Grenze nach Schweden reisen durften, machten wir ein paar Tage Station in Neuengamme."

„Da hätten wir uns treffen können", sagte Tull.

Assi spuckte aufs Pflaster, kratzte sich den Kopf, schnäuzte die Nase.

„Was zum Teufel hattest du in Neuengamme zu tun?", fragte er.

„Ich gehörte zur Lagerleitung."

Dies war der Augenblick, als die Brandungswelle zurückkehrte, die Bank auf der Moorweide überflutete und ins Curio-Haus eindrang.

„Ich stelle mir vor, du hättest in Neuengamme vor mir gestanden", sagte Assi. „Wir hätten ein Bier getrunken, dann wären wir in die Stadt gefahren, um am Rothenbaum zu sehen, was die da spielen."

„Wenn du kurz vor Kriegsende in Neuengamme gewesen bist, konnten wir uns nicht treffen", antwortete Tull. „Ich wurde schon im Herbst 44 nach Hannover versetzt."

Sie wunderten sich, dass das Stadiontor nicht verschlossen war. Auf dem Platz trainierte eine Jugendmannschaft im blauen Licht der Karbidlampen. Assi und Tull stellten sich an die Absperrung und sahen zu.

„Deutschlands Zukunft", sagte Assi und lachte. „Vielleicht kommen eure Jungs mal zu einem Freundschaftsspiel nach Norwegen."

„Wenn die uns erkennen, müssen wir jedem ein Autogramm geben", sagte Tull.

„Als ich 1933 zurück nach Norwegen ging, warst du gerade in die SS eingetreten", erklärte Assi. „Danach habe ich nichts mehr von dir gehört."

„Ach, die SS", sagte Tull und winkte ab. „Du weißt doch, immer der Beste sein, im Fußball und als Soldat. Als der Krieg anfing, meldete ich mich an die Front. Aber sie ließen es nicht zu, dass der bekannte Fußballspieler Tull Harder an der Front verheizt wurde. Also schickten sie mich zur Wachmannschaft nach Neuengamme. Das hatte auch sein Gutes: Ich blieb in der Nähe unserer Stadt und konnte mir die Spiele am Rothenbaum ansehen."

„Hast du nach dem Krieg noch für den HSV gespielt?"

„Nach dem Krieg sperrten sie mich ein", sagte Tull.

„Was hattest du verbrochen?"

„Ich habe keinen persönlich umgebracht oder geschlagen, aber als Lagerführer eines KZs bist du schuldig, so oder so. Dort haben sie mir den Prozess gemacht und mich zu fünfzehn Jahren verurteilt."

Tull zeigte zu dem immer noch erleuchteten Curio-Haus.

„Im Stadion am Rothenbaum die größten Siege gefeiert und vierhundert Meter weiter der tiefste Absturz", sagte Assi. „Ich war während des Krieges in Gefangenschaft, du nach dem Krieg in Gefangenschaft. So verrückt ist diese Welt."

„Nach ein paar Jahren schrieben Freunde ein Gnadengesuch", sagte Tull. „Da ich nicht gesund war, wurde ich vorzeitig entlassen. Wenn nicht, hätten wir unser heutiges Festbankett im Gefängnis einnehmen müssen."

Bestimmt erwartet er, dass ich mich entschuldige für die zwölf Jahre SS und das, was damit zusammenhing, dachte Tull. Er suchte nach Worten, konnte aber nichts Passendes finden. Ja, es tat ihm leid, aber er wusste es nicht auszusprechen.

„Bist du am ersten Sonntag in Freiheit gleich zum Rothenbaum gegangen?", fragte Assi.

„Es war ein Spiel der Oberliga Nord gegen Werder Bremen. Die Zuschauer sprangen auf und winkten mir zu. Der Stadionsprecher sagte: Unser Tull ist nach Hause gekommen.“

Als sie auf dem Rückweg am Curio-Haus vorbeikamen, fiel es in Dunkelheit. Assi schlug vor, zum Hafen zu wandern. Dort wollte er Lale Andersen und Hans Albers besuchen. An den Landungsbrücken tranken sie ein Bier und sprachen über vergangene Siege. Ein Ewerführer trat zu ihnen an den Tresen.

„Du bist Tull, und du bist Assi“, sagte er und spendierte drei Korn.

Auf einen Bierdeckel schrieben sie ihm ein Autogramm, versahen es mit dem Datum 22. November 1953.

Als sie auf dem Rückweg an der Michaeliskirche vorbeikamen, blieb Assi stehen und starrte nach oben.

„Du solltest mich mal in Norwegen besuchen“, sagte er.

Tull schüttelte den Kopf.

„Sie werden mich verhaften, wenn ich das Schiff verlasse.“

„Wenn das geschieht, hole ich dich raus“, antwortete Assi.

Tull legte ihm den Arm auf die Schulter.

„Es war eine verdammte Zeit“, murmelte er.

In der Stadt war Ruhe eingekehrt, nur auf den Werften jenseits des Stromes sprühten noch Funken. Über ihnen schlug die Uhr.

„Wir müssten noch mal neu anfangen, um alles anders zu machen“, sagte Assi.

Am Sonntag das Spiel. Tull auf einem Ehrenplatz. Unten auf der norwegischen Bank entdeckte er Assi.

Es fielen viele Tore, fünf für Deutschland und eines für Norwegen. Beim Ehrentreffer der Norweger sprang der kleine Assi auf die Bank wie in der Nacht auf der Moorweide.

Nach dem Spiel wartete Tull vor der norwegischen Kabine.

„Fünf Tore, das war zu viel“, sagte Assi. „Wenn die Deutschen so weitermachen, werden sie im nächsten Jahr Weltmeister.“

Sie reichten sich noch einmal die Hände, diesmal ohne Fotografen. Danach sahen sie sich nie wieder. Der eine starb 1955, der andere 1956; beide hatten zu viel mitgemacht in der ersten Hälfte des Jahrhunderts.

Quellenverzeichnis

Das Mädchen mit den nackten Füßen aus: „Gewitter im Januar“, Hamburg 1986
Das Erdbeben von Riva aus: „Die masurische Eisenbahnreise und andere heitere Geschichten“, Hamburg 2010
Die Fremden kommen aus: „Die Kinder von Moorhusen“, Berlin 2001
Alex kommt aus: „Die Reise nach Nikolaiken“, Hamburg 1991
Aus dem Leben eines Briefträgers aus: „Besuch aus Stralsund“, Berlin 1995
Schlangestehen 1947 aus: „Kudenow oder An fremden Wassern weinen“, Berlin 1978
Schweinemaskerade aus: „Kudenow oder An fremden Wassern weinen“, Berlin 1978
Lisas Vermächtnis aus: „Die masurische Eisenbahnreise und andere heitere Geschichten“, Hamburg 2010
Im Moor aus: „Winter der Tiere“, Berlin 2002
Tennis auf dem Dorf aus: „Die masurische Eisenbahnreise und andere heitere Geschichten“, Hamburg 2010
Der Präsident und ich aus: „Die masurische Eisenbahnreise und andere heitere Geschichten“, Hamburg 2010
Im Garten des Schönen aus: „Gewitter im Januar“, Hamburg 1986
Mai in der Neustädter Bucht aus: „Die Reise nach Nikolaiken“, Hamburg 1991
Letzter Zug nach Ammersby aus: „Die masurische Eisenbahnreise und andere heitere Geschichten“, Hamburg 2010
Rosamunde oder Die Schwarzen kommen Erstveröffentlichung
Die Stradivari von Montana Erstveröffentlichung
Assi und Tull Erstveröffentlichung

Impressum

Bibliografische Information der Deutschen Bibliothek
Die Deutsche Bibliothek verzeichnet diese Publikation in der Deutschen Nationalbibliografie; detaillierte bibliografische Daten sind im Internet über <http://dnb.ddb.de> abrufbar.

ISBN 978-3-8319-0491-4

Lektorat: Werner Irro, Hamburg
Titelabbildung: fotolia © Heliosphile
Gestaltung: BrücknerAping Büro für Gestaltung, Bremen
Gesamtherstellung: CPI books GmbH, Leck
www.ellert-richter.de